Als
FLIEGEN
noch nicht alltäglich war

Monika Genzow

2020

1

INHALTSVERZEICHNIS

Kapitel   Seite

Kapitel	Seite

TEIL II

Für Luke Valerian

VORWORT

Weiße Kondensstreifen zerfasern im sonst
makellosen Blau des Himmels. Erst viel
später, wenn das Flugzeug kaum noch zu
sehen ist, hört man das dumpfe Dröhnen der
Triebwerke. In 10 000 Meter Höhe fliegen
Menschen, getragen von tonnenschweren
Maschinen, in die Welt hinaus. Vielleicht war
es ein Flugzeug der „Lufthansa", das gerade
über meinen Kopf hinweg flog.

Es erinnert mich an meine Tätigkeit als
Stewardess in den 60er Jahren des vorigen
Jahrhunderts. Kaum jemand weiß, dass es auch
in der DDR eine Fluggesellschaft mit dem

4

Namen „Deutsche Lufthansa" gegeben hat.

Hier fand ich meinen ersten Arbeitsplatz.

Davon will ich berichten.

TEIL I

STEWARDESS – EIN BERUF?

Mitten in die Vorbereitung zu den Abiturprüfungen erreichte den Direktor der Erweiterten Oberschule, die ich besuchte, ein Schreiben der „Deutschen Lufthansa". Abiturienten wurde darin die Möglichkeit einer Ausbildung zur Stewardess angeboten. Es wurde in allen drei 12. Klassen verlesen. Die Reaktion darauf war verhalten, hatten doch die meisten Schülerinnen und Schüler bereits ihre Bewerbungen an eine bestimmte Universität abgegeben.

Ich wusste jedoch immer noch nicht genau, was ich nun studieren wollte, Slawistik oder Pädagogik. Demzufolge hatte ich noch nichts fest gemacht. Das Angebot der Lufthansa reizte mich, aber ich glaubte nicht, dass ich in die engere Wahl kommen würde. Meine Freundin Marianne dagegen ließ sich das Schreiben aushändigen und bewarb sich umgehend.

Irgendwie gelangte diese Anfrage dann doch in meine Schultasche, die mein Vater, einer alten Gewohnheit entsprechend, noch immer auf eventuelle unrechtmäßige Dinge kontrollierte.

Er beriet sich mit meiner Mutter und sagte dann zu mir:

„Das machst Du. Bewirb Dich da."

Auf meinen Einwand, dass dies ja wohl doch zwecklos sei, murmelte er:

„Vielleicht auch nicht. Ich kenne da jemand."

Nun ist „Vitamin B" gleich „Beziehungen" auch in der DDR kein Fremdwort gewesen und hat in vielen Fällen zum Erfolg geführt.

So auch möglicherweise in meinem Fall.

Jedenfalls wurde ich zu einem Vorstellungsgespräch eingeladen, während meine Freundin noch auf Bescheid wartete.

Das Gespräch fand in den Räumen der Betriebsschule der Lufthansa in Berlin – Schönefeld statt und unterschied sich ganz wesentlich von heutigen Vorstellungs-gesprächen.

Alle erwähnenswerten Ereignisse meiner bisherigen Entwicklung lagen bereits auf einem Blatt Papier vor, sodass sich das Gespräch mehr oder weniger auf aktuelle Geschehnisse, meinen Standpunkt zu Meldungen aus der Tagespresse und zu einzelnen politischen Themen richtete. Dann wurde ich von der Frage überrascht, warum ich denn unbedingt Stewardess werden wollte. Das brachte mich in Bedrängnis. Ich konnte ja unmöglich sagen, dass eigentlich mein Vater es war, der das wollte. Plötzlich fiel mir ein, dass mein leiblicher Vater, der im II. Weltkrieg bei Stalingrad gefallen ist, als Bordmechaniker bei der Luftwaffe diente und mir eventuell das Interesse an der Luftfahrt hinterlassen hatte.

„Das wollen wir mal ganz schnell vergessen," sagte der Gesprächsführende und schob eine andere Frage nach.

Erschreckend, wie naiv und blauäugig ich damals war!

Wie erfreulich, dass ich an einen Menschen geriet, der gesunden Menschenverstand walten ließ und meine Dummheit ausblenden konnte.

Vielleicht war ihm aber auch bewusst, dass die ersten Piloten der „Deutschen Lufthansa" erfahrene, ehemalige Flieger aus dem II. Weltkrieg waren, die nach einer halbjährigen Umschulung in Uljanowsk, in der Sowjetunion, bei der zivilen Luftfahrt fliegen durften. Mir war das damals allerdings unbekannt. Deshalb war ich sehr verunsichert und fuhr bangen Herzens nach Hause.

Als ich wenige Wochen später die Zusage für die Stewardessen-Grundausbildung erhielt, war ich maßlos erleichtert und zugleich betrübt, weil meine Freundin zu gleicher Zeit die Absage bekam.

Das unterschwellige Schuldgefühl, das mich bei der Nachricht befallen hatte, wurde schnell verdrängt von der Vorfreude auf die interessante Tätigkeit, die Aussicht, auf eigenen Füßen zu stehen, in ferne Länder reisen zu können und nette Menschen kennen zu lernen.

AUF EIGENEN FÜßEN

Die Stewardessen-Grundausbildung begann Ende September 1960 in der Betriebsschule der „Deutschen Lufthansa" in Berlin-Schönefeld Süd. Genauer gesagt, handelte es sich um eine Baracke der ehemaligen Henschel-Flugzeugwerke, die sich auf dem Gelände der Gemeinde Biestow südlich von Berlin befand.

Diesen Ort erreicht man nicht rechtzeitig zum morgendlichen Unterrichtsbeginn, wenn man in einer Kleinstadt am nördlichen Rand von Berlin wohnt. Also hieß es: Raus aus der elterlichen Wohnung und eine eigene Bleibe in Betriebsnähe finden. Da man für den Zuzug nach Berlin eine Genehmigung benötigte, die schwer zu bekommen war, suchte ich, unterstützt von meinen Eltern, ein möbliertes Zimmer im Umfeld von Berlin-Schönefeld. Damit begann eine Umzugsodyssee, die ich kurz streifen möchte. Nach einem 14-tägigen Aufenthalt bei einer Bekannten meiner Eltern in Zeuthen bezog ich ein möbliertes Mansardenzimmer im Einfamilienhaus einer 75-jährigen Dame in Schulzendorf. Die gute Frau war noch überaus rüstig. Sie fuhr jeden Morgen zwei Kilometer mit dem Fahrrad nach Zeuthen, um von dort zehn Minuten mit der S-Bahn nach Königswusterhausen zu fahren, wo sie in einem Hotel in Bahnhofsnähe noch immer als „Beschließerin" arbeitete. Das heißt, sie war verantwortlich für alles, was mit der Hotelwäsche zusammenhing. Darüber hinaus war sie auch eine aktive Genossin, die keine Versammlung verpasste, auch wenn sie noch so lange dauerte. Wenn sie dann gegen 22.30

Uhr – für mich hieß das mitten in der Nacht – nach Hause kam, war sie so aufgewühlt, dass sie nicht in den Schlaf kam, ohne ihre Erkenntnisse jemandem, in dem Falle also mir, mitgeteilt zu haben. Sie weckte mich dann zumeist und sprudelte mit rollenden Augen ihr Wissen in mein schläfriges Gesicht.

Ich hatte einen lernintensiven Tag hinter mir und eine anderthalbstündige Heimfahrt von Schönefeld mit dem Bus bis Grünau und von dort mit der S-Bahn weiter bis Zeuthen und dann noch zu Fuß die zwei Kilometer bis in meine Kemenate.

Mitten aus dem Schlaf gerissen, war meine Aufmerksamkeit minimal, von Begeisterung gleich gar nicht zu reden.

Es war klar, dass das nicht lange gut gehen würde. Nach vier Wochen verkündete mir die muntere Dame, dass sie sich eine bessere

Gesprächspartnerin als Untermieterin vorgestellt habe und ich doch bitte woanders mein Haupt niederlegen möge.

Sie hatte sogar schon eine neue Schlafstätte im gleichen Ort, nur ein paar hundert Meter weiter, gefunden und mit den Besitzern gesprochen.

Es fiel mir nicht schwer, mich zu verabschieden.

Die neuen Vermieter, ein Ehepaar mittleren Alters, stimmten zu, dass ich ihre leerstehende Mansarde bezog und für ein geringes Entgelt bei ihnen wohnte. Ja, Frau Wirtin wollte mich sogar für einen kleinen Obolus täglich mit dem Pausenbrot versorgen, das sie selbst buk.

Den ersten Dämpfer erhielt ich bereits beim Einzug. Um das Zimmer zu möblieren, holte ich dank der Unterstützung der „Deutschen Lufthansa" mit einem betriebseigenen LKW und Fahrer meine Möbel von zu Hause – eine Schlafcouch, ein kleines Regal, eine Lampe und ein Ungetüm von Schreibtisch. Einen Kleiderschrank brauchte ich nicht, denn erstens hatte ich nicht so viel Garderobe und zweitens besaß das Kämmerchen eine verschließbare Abseite, in der ich meine Sachen unterbringen konnte.

Als der Fahrer und ich uns, mit der Couch beladen, gerade die enge, gewendelte Treppe hoch quälten, erschien Frau Wirtin von oben und unterzog den erschrockenen Helfer einem hochnotpeinlichen Verhör.

„Wie heißen Sie?, Was machen Sie?, Wo wohnen Sie?", um ohne Unterbrechung fortzufahren :„Das Eine sage ich Ihnen gleich – Männerbesuche sind in meinem Haus nicht erlaubt."

Der arme Mann wusste gar nicht, wie ihm

geschah. Er kannte mich nicht und ich kannte ihn nicht. Es war mir außerordentlich peinlich, aber er nahm es glücklicherweise mit Humor.

Meine Aufenthaltsdauer war hier überschaubar und endete nach drei Monaten, nachdem mir und einer Freundin, mit der ich für die bevorstehende Prüfung lernte, unterstellt wurde, wir würden mit den Ohren auf dem Boden liegen, um die streng geheimen Gespräche mit ihrem Mann, dem Ortsparteisekretär, zu belauschen.

Erneut packte ich meine Sachen und zog im gleichen Ort, nur wenige Feldstraßen weiter, in eine leerstehende, gemauerte Gartenlaube ohne Toilette und fließendes Wasser. Der Besitzer der Laube war ein Witwer, der im Haus an der Straße lebte und mir freistellte, die Toilette im Haus oder das Herzhäuschen im Garten zu benutzen. An den Bezug von

Wasser mittels einer Kanne und eines Eimers aus dem Brunnen hatte ich mich schon gewöhnt. Eine elektrische Kochplatte war vorhanden und ein kleiner Kanonenofen erlaubte ein frostfreies Campieren.

Was blieb, waren die umständlichen Verkehrsverhältnisse, um nach Schönefeld zu gelangen.

STEWARDESSENGRUNDAUSBILDUNG

Die Ausbildung nahm inzwischen ihren Lauf.

Die Betriebsschule war inzwischen zur Betriebsakademie herangewachsen.

Zehn Mädchen und drei junge Männer aus allen Bezirken der DDR befassten sich intensiv mit den Grundfragen der Luftfahrt, ihren ökonomischen Problemen,

Luftfahrtmedizin, Geographie einschließlich Streckenkunde, Russisch, Englisch und natürlich Gesellschaftswissenschaften, ohne die keine Lehre und kein Studium auskam.

Wir waren alle hoch motiviert, verstanden uns blendend, lachten viel und fieberten unserem ersten Flug entgegen. Freundschaften aus dieser Zeit haben bis heute Bestand.

Nach sechs Monaten war es dann endlich so weit. Alle hatten die Prüfungen bestanden. Wir hielten den Nachweis für den Abschluss des Stewardessen-Grundlehrganges in der Hand.

Uns war schon bewusst, dass unsere Ausbildung etwas Besonderes, wenn auch kein anerkannter Berufsabschluss war. Die „Deutsche Lufthansa" der DDR war erst 1955 gegründet worden. Fliegen war zu jener Zeit noch Luxus. Nur Geschäftsreisende flogen häufiger. Aber den Hauptanteil der Passagiere machten die Touristen aus, denen es gelungen war, eine Urlaubsreise nach Bulgarien oder Rumänien in einem der jüngst gegründeten Reisebüros der DDR zu buchen. Viele Flugreisende erhielten ihre Tickets auch über die Betriebsgewerkschaftsleitungen, die streng darauf achteten, dass nur „verdiente" Werktätige den begehrten Urlaubsplatz erhielten.

Wir waren privilegiert, auch durch das Festgehalt, das wir seit dem ersten Tag unserer Ausbildung erhielten – 300 Mark (Ost). Das war zu jenen Zeiten viel Geld, zumal die Mieten niedrig und die Lebenshaltungskosten gestützt waren. Von diesen 300 Mark legte ich jeden Monat 50 Mark in einem Prämien-Sparplan an, kaufte für weitere 50 Mark Kleidung, Wäsche und Haushaltswaren und verwendete die verbleibenden 100 Mark für

Miete, Fahrgeld und Lebensunterhalt.

Lang ist`s her!

Als wir den Abschluss in der Tasche hatten, gab es eine Gehaltszulage von 50 Mark und für jeden geflogenen Kilometer 0,95 Pfennige steuerfrei obendrauf. Dafür erwartete man zu Recht, dass wir stets picobello gekleidet waren und auf ein ordentliches Äußeres achteten, von einem politisch korrekten Auftreten ganz zu schweigen. Wir waren Repräsentanten der DDR im In- und Ausland.

Mit Stolz trugen wir das maßgeschneiderte himmelblaue Kostüm mit dem mit Goldfäden gestickten Kranich und dem ebenso unterlegten Schriftzug „Deutsche Lufthansa". Der Kranich, der schon 1919 als Logo der deutschen Luftreederei diente, leuchtete auch am himmelblauen Barett, später am Käppi, das die Uniform komplettierte. Der Kranich, der elegante „Vogel des Glücks", brachte der „Deutschen Lufthansa" der DDR leider kein Glück. Aber dazu später.

FLUGERLEBNISSE
MIT DER IL-14

Dem erfolgreichen Abschluss der Ausbildung folgte die Aufteilung in die einzelnen Staffeln. Meine Freundin Erika wurde der IL-18- Staffel zugeteilt. Meine Freundin Bärbel und ich gehörten von nun an zur IL-14-Staffel. Das entsprach den Flugzeugtypen, mit denen wir von nun an durch die Lüfte schweben würden.

Die IL-14, benannt nach ihrem Konstrukteur Iljuschin, war ein zweimotoriges Propellerflugzeug mit 32 Sitzplätzen, das von einer fünfköpfigen Besatzung mit in der Regel

350 km/h in maximal 3000 m Höhe geflogen wurde. Es war eine robuste, zuverlässige, solide Maschine, die zur Not auch mal bei Ausfall beider Triebwerke noch gelandet werden konnte. So erzählten es jedenfalls die Piloten, die nichts über ihre „Mühle" gehen ließen. Solange ich auf der IL-14 tätig war, hatte ich trotz mancher Wetterkapriolen und damit verbundener Schaukelei nie das Gefühl von Unsicherheit oder Angst.

Mein erster Flug fand von Berlin nach Barth und zurück statt. Beim Hinflug durfte ich noch auf einem Passagiersitz Platz nehmen und meine einweisende Kollegin bei ihrer Arbeit beobachten. Aber auf dem Rückflug musste ich zeigen, dass ich etwas gelernt hatte.

Voller Begeisterung schrieb ich damals an meine Schulfreundin:

„Liebe Marianne!

Das große Ereignis hat stattgefunden.

Ich bin gestern zum ersten Mal geflogen. Du kannst Dir sicher meine Aufregung vorstellen. Vor lauter Angst, das Klingeln des Weckers zu überhören, habe ich die ganze Nacht kein Auge zugemacht, und frühstücken konnte ich gleich gar nicht.

Dringesessen hatte ich ja schon einmal in der IL-14, damals während des Lehrgangs, aber geflogen war ich noch nie.

Erinnerst Du Dich noch, wie ich erzählte, dass ich aus Neugier beinahe mit einer Frachtmaschine der sowjetischen Streitkräfte mitgeflogen wäre? Ich war schon beim Einstieg, als der Kommandant mir entgegen kam – groß, breitschultrig und unrasiert – und die Maschine innen kahl, ohne Sitze und Verkleidung. Wie schnell bin ich da umgekehrt.

Daran musste ich denken, als ich gestern auf dem Weg zum Flugplatz war. Nun ist ja zum Glück eine Passagiermaschine nicht mit einem Frachtflugzeug zu vergleichen.

Ich war also voller freudiger Erwartung.

Als ich dann allerdings später nach dem Beziehen der Sitze mit den weißen Schonbezügen auf meinem Platz am Fenster saß und beobachtete, wie die Passagiere kamen, gekleidet wie zum sonntäglichen Kirchgang, wie meine Kollegin ihnen beim Ablegen der Garderobe behilflich war und ihnen bei der Platzsuche half, wurde mir wieder beklommen zumute. Ich war froh, dass ich diesmal noch zusehen durfte, wie die Arbeit an Bord vonstatten geht und nicht allein mit 30 fremden Menschen fertig werden musste.

Noch während meine Kollegin die Passagiere begrüßte und sich selbst vorstellte (woher sie nur die Sicherheit nahm?), wurden die Motoren angelassen und es war kaum noch ein Wort zu verstehen. Wir rollten langsam zum Start und standen einen Moment still. Dann heulten die Motoren laut auf, das Flugzeug begann zu wackeln und zu klappern. Es rumpelte und polterte, als drohte es, jeden Moment auseinander zu *fallen. Wir wurden in die Sitze gepresst und schon holperten wir die Startbahn entlang.*

Mit einem Mal wurde es ruhig. Nur das gleichmäßige Dröhnen der Motoren war noch zu hören. Da schwebten wir schon in der Luft.

Wie hoch waren wir jetzt? Vielleicht 100 oder 200 Meter? Meine Aufregung war wie weggeblasen. Gelassen konnte ich einen Blick aus dem Fenster werfen.

So also sieht die Welt von oben aus! Die Häuser wurden immer kleiner, die Menschen und Fahrzeuge bald nicht mehr zu unterscheiden. Es erinnert tatsächlich an Spielzeug, wenn man die Ortschaften, Wälder und Flüsse so unter sich vorbeiziehen sieht.

Als die Reiseflughöhe von 2100 Metern erreicht war und meine Kollegin die

Flugroutenkarten und Anstecknadeln verteilte, ging ich ins Cockpit zur Besatzung und ließ mir vom Navigator die Strecke erklären. Es ist ungewohnt, eine Stadt in ihrer ganzen Größe zu überblicken und anhand bestimmter Merkmale zu erkennen, um welche Stadt es sich handelt. In der Theorie kannte ich die Route schon, aber ohne die Hilfe der Besatzung hätte ich mich in der Praxis kaum zurecht gefunden. Das aber gehört zu den Aufgaben einer Stewardess, zu wissen, was gerade unter uns zu sehen ist und es den interessierten Passagieren zu zeigen.

Wir hatten aber nicht lange Sicht. Ich konnte gerade noch das Schiffshebewerk Niederfinow erkennen. Dann wurde es dunkel und wir waren unvermittelt mitten in den Wolken.

Um uns herum war alles Grau in Grau. Die Maschine wurde ordentlich hin und her geworfen und ich verspürte ein flaues Gefühl in der Magengegend.

Mit einem Mal wurde es wieder hell. Die Sonne schien so grell, dass ich die Augen schließen musste. Wir hatten die Wolkenwand durchflogen. Wie ein Wattebausch lag sie nun unter uns. Die IL-14 lag wieder ruhig in der Luft. Der Himmel war so blau und klar, wie ich ihn selten gesehen habe. Die Wolkendecke riss allmählich auf und der Wechsel von Sonne und Schatten warf die Landschaft in ein märchenhaftes Licht. Mir wurde ganz leicht ums Herz. Ich war richtig traurig als meine Kollegin mich aus der Verzauberung riss, um mir im Bordbuffet noch einige Handgriffe zu zeigen.

Wir begannen schon zu sinken, als ich meinen Platz in der Kabine wieder einnahm.

Nach der Landung fuhren wir zusammen mit den Passagieren im Bus nach Barth, wo wir im einzigen Hotel der Stadt übernachten werden.

Jetzt, wo ich Dir das schreibe, freue ich mich schon auf den Rückflug, auch, wenn ich dann nicht mehr so viel aus dem Fenster sehen kann, denn dann beginnt meine Arbeit als Stewardess.

Aber ich bin nicht mehr ängstlich wie vor dem Flug. Vielen Menschen, die zum ersten Mal fliegen, wird es ähnlich gehen wie mir und ich freue mich darauf, an diesem Erlebnis teilhaben zu dürfen.

Vielleicht bist Du ja auch mal mein Fluggast? Ich würde mich freuen.

Leider ist es nie dazu gekommen. Nur einen meiner Schulkameraden (meinen Freund) konnte ich einmal im Flugzeug betreuen, was nicht heißt, das sie im Laufe ihres Lebens keine Flugreisen unternommen hätten.

MANCHMAL GEHT ES RUND

Die ersten Flüge waren Inlandflüge. Zwischen Berlin, Erfurt, Dresden, Leipzig und während der Sommermonate auch Barth gab es regelmäßige Linienflüge, die einem Flugplan entnommen werden konnten. Darüber hinaus wurden Charterflüge durchgeführt, die bei Bedarf Urlauber an die Ostsee brachten. Häufiger flogen die Chartermaschinen nach Ungarn, Rumänien und Bulgarien.

Um den morgendlichen Flug nach Erfurt oder Dresden vorzubereiten, hatten die Besatzungen

90 Minuten vor dem Start auf dem Flugplatz zu sein. Die erste Maschine nach Dresden startete um 7.30 Uhr. Das hieß für mich, um 3.30 Uhr aufzustehen, denn mein Anfahrtsweg betrug noch immer eineinhalb Stunden. Das fiel mir außerordentlich schwer. Ich stellte den Wecker extra fünfzehn Minuten früher, um nicht gleich aus dem warmen Bett in das unbeheizte Zimmer springen zu müssen. Aber ich hörte ihn gar nicht richtig. Nur im Unterbewusstsein wurde eine Weiche gestellt, die mich plötzlich aufschrecken ließ.

Zu spät! Die nächste S-Bahn fuhr erst in einer halben Stunde. Der Bus war weg. Die Zeit zur Vorbereitung schrumpfte immer mehr zusammen. Die Stewardess des Bereitschaftsdienstes war bereits im Flugzeug und hatte schon fast alle Vorbereitungen erledigt, als ich endlich ankam. Trotzdem war sie froh, dass sie nicht auch noch fliegen musste. Sie hatte den Tag bereits anderweitig verplant.

Es war ein Sonnabend und der Turn ging über das gesamte Wochenende.

„Na, Mädchen, da hast Du ja noch mal Glück gehabt", empfing mich der Bordmechaniker, der auch für das Gepäck verantwortlich war. Alle Besatzungen nannten ihre Stewardessen „Mädchen". Das hing auch damit zusammen, dass Kommandant, Copilot, Funker, Navigator und Bordmechaniker immer in der gleichen Zusammensetzung flogen, die Stewardessen aber häufig wechselten. Diesmal flog ich mit meiner Stammbesatzung und darüber war ich auch sehr froh. Wir verstanden uns bestens.

In jenen Jahren war der Sonnabend noch regulärer Arbeitstag. Deshalb flogen auch einige Geschäftsleute nach Dresden, die in Berlin die Woche über tätig gewesen waren.

Sie flogen regelmäßig. Die Strecke brauchte ich ihnen daher nicht zu erklären. So beschränkte ich mich darauf, die Startbonbons zu verteilen, ihnen Kaffee, Tee, Kuchen und Schokolade anzubieten oder auch einen Cognak und Zigaretten und überließ sie ansonsten ihren Gedanken.

Bis Dresden betrug die Flugzeit nur 45 Minuten. Die Flughöhe bewegte sich zwischen 750 und 900 Metern.

Einige Passagiere, vor allem diejenigen, die in 35 Minuten nach Leipzig flogen, hatten sich schon darüber beschwert, dass sie bereits 90 Minuten vor der Abflugzeit auf dem Flughafen sein mussten. In dieser Zeit wären sie mit dem Zug schon fast am Ziel. Aber das war nun einmal so festgelegt und diente der reibungslosen Abfertigung und dem ordnungsgemäßen Verstauen des Gepäcks.

Bei diesem Flug waren wir nicht ausgelastet. Jeder Passagier fand einen Fensterplatz. Mit meinem Service waren sie zufrieden.

Obwohl der Tag noch lang war, blieben wir in Dresden und übernachteten in einer Unterkunft in der Nähe des Flughafens. Ich nutzte die Gelegenheit, meine Großmutter zu besuchen und die Besatzung vergnügte sich in der Stadt. Am Sonntagvormittag waren 20 Rundflüge geplant. Die waren sehr beliebt. Für 50 Mark der DDR konnten sich die Gäste 15 Minuten lang die Welt von oben besehen und ein Feeling für das Fliegen entwickeln. Kein Wunder, dass bei allen 20 Flügen jeder Platz besetzt war. Und sie bekamen auch etwas geboten. Die Piloten zeigten ihr ganzes fliegerisches Können. Nach einem rasanten Start ging es in eine steile Rechtskurve. Der Flugplatz mit der kurzen Rollbahn war gut zu sehen. Dann stiegen wir auf eine Höhe von knapp 600 Meter, gingen in eine steile Linkskurve, sodass die Passagiere einen kleinen Überblick über die Außenbezirke der Stadt bekommen konnten. Über Dresden selbst durfte nicht in so geringer Höhe geflogen werden. Es folgte eine erneute Kurve nach rechts, kurz geradeaus und dann begann mit einer nochmaligen Linkskurve auch schon der Landeanflug. Um den Reiz zu erhöhen, „wackelten" die Piloten mit den Tragflächen und „hoben" den Flieger kurz an, um dann gleich wieder ein paar Meter im Sinkflug zu bestreiten. Es versteht sich, dass in dieser kurzen Zeit keine kulinarische Versorgung möglich war. Lediglich die beliebten Startbonbons wurden gleich nach dem Einstieg verteilt. Meine Aufgabe war es, Passagieren das Überfluggebiet zu erklären, soweit das möglich war, und auf markante Punkte im Stadtbild aufmerksam zu machen, die schemenhaft in der Ferne auftauchten. Ich hing also mehr oder weniger im Passagierraum an den Rücklehnen der Sitze, um mich festzuhalten und beugte mich zu den Passagieren hinunter, um sehen zu können, wo wir gerade sind. Nun ist es in geringer Flughöhe zumeist auch etwas turbulent, was die Windverhältnisse anbelangt. So gab es immer wieder auch kleine „Luftlöcher", in denen die Maschine ein paar Meter absackte, was in der Regel zu einem allgemeinen Aufschrei führte und bei dem einen oder anderen Fluggast auch zum Griff nach der Spucktüte, die ich dann in einem Behälter im der WC-Raum entsorgen durfte.

Eigenartigerweise ist mir selbst das bei Rundflügen nicht passiert. Aber nach 20 Starts und Landungen und dem ständigen Raus und Rein der Passagiere war ich kaputt und sehnte mich nur noch nach meinem Bett. Die Besatzung wollte davon jedoch nichts wissen. So landeten wir nach dem letzten Rundflug in der nahegelegenen Gaststätte, der auch eine Kegelbahn angeschlossen war. Hier trainierte gerade eine „Alte-Herren-Mannschaft" für irgendeinen Wettkampf. Die ganze Besatzung wurde eingeladen. Ich überwand meine Müdigkeit und ließ die Kugel rollen. Fielen alle „Neune", wurde eine Runde Bier spendiert. Die „Alten Herren" waren Profis und auch die Besatzung schlug sich nicht schlecht. Wir hielten fleißig mit. Aber danach ging es mir so richtig schlecht und ich schwor mir, nie wieder Bier zu trinken.

Davon schrieb ich meiner Schulfreundin jedoch nichts. Ich wollte mich nicht blamieren.

Außerdem erschien mir ein Erlebnis, das ich mit einem anderen Aufenthalt in Dresden verband, berichtenswerter:

L.M. Nach einem ruhigen Flug mit netten Passagieren landeten wir heute schon gegen 11.00 Uhr in Dresden. Wie ich Dir vielleicht schon erzählt habe, wird dieser Flugplatz auch militärisch genutzt. Als alle Passagiere ausgestiegen, die Kabine wieder aufgeräumt und die Besatzung mit ihren Aufgaben fertig war, erfuhren wir, dass in nächster Zeit mit dem Eintreffen der neuesten Düsenjäger vom Typ MIG - 19 gerechnet wird. Der Funker hatte die Nachricht direkt aus dem Tower.

„Das müssen wir uns ansehen", sagte der Kommandant und dann schlenderten wir alle gemeinsam zum Ende der Landebahn, um die Flugzeuge anschweben zu sehen.

Wir mussten auch gar nicht lange warten, da

war auch schon der erste Düsenjäger im Anflug. Die Landebahn sicher im Visier, setzte er auf der kurzen Piste mit hoher Geschwindigkeit auf. Die Landeklappen waren weit ausgefahren. Man konnte beinahe befürchten, dass sie am Boden schleifen. Dann griff das Fahrwerk und die Bremsen quietschten. Trotzdem raste er immer noch, für meine Begriffe viel zu schnell, dem Ende der Landebahn entgegen. Plötzlich entfaltete sich am Heck ein Fallschirm und bremste die Maschine auf normale Geschwindigkeit, sodass sie sicher, nur wenige Meter von uns entfernt, auf die Rollbahn abbiegen konnte. Der Lärm der Düsentriebwerke war ohrenbetäubend. Und die Hitze der Abgase, die das Düsentriebwerk erzeugte, selbst von uns noch zu spüren.

Während wir noch der ersten MIG hinterher

sahen, war schon die zweite gelandet und vollführte das gleiche Manöver.

Der Kommandant gab uns durch Zeichen zu verstehen, dass wir nun genug gesehen hätten. Gemessenen Schrittes gingen wir zum zivilen Abfertigungsgebäude zurück. Da landete schon der dritte Jäger. Von der Seite konnten wir gut beobachten, wie sich der Fallschirm entfaltete. Allerdings viel zu spät. Das Ende der Landebahn war schon erreicht und die MIG schoss darüber hinaus auf die unbefestigte Grünfläche und steckte mit dem Cockpit im Rasen fest. Zum Glück geriet nichts in Brand. Auch die beiden Piloten hatten den Sturz lebend überstanden, wie wir später erfuhren. Uns saß der Schrecken jedoch in allen Gliedern, denn noch kurz zuvor hatten wir arglos an der Stelle gestanden, wo die Maschine übers Ziel *hinaus schoss. Der Kommandant machte sich Vorwürfe, dass wir uns so leichtfertig in einen gefährlichen Bereich begeben hatten. Aber es war ja zum Glück nichts passiert und so nahmen wir es als Warnung für künftige unangemessene Neugier und feierten die überstandene Gefahr mit einem kräftigen Schluck Alkohol. Mit Fug und Recht kann ich heute sagen: Es war ein einmaliges Erlebnis!*

ZU SPÄT

Der Flugbetrieb ging nun für mich seinen geregelten Gang. Das hieß nicht, dass ich jeden Tag unterwegs war. An manchen Tagen flog ich zwei Strecken nacheinander, an anderen Tagen hatte ich frei, wie meine

Kolleginnen und Kollegen auch. In der Regel kamen nicht mehr als drei bis fünf Flüge pro Woche zustande. Das Problem bestand für mich nur darin, dass diese Flüge zu völlig unterschiedlichen Zeiten angesetzt waren. Mal war der Start um 6.30 Uhr, mal um 14.00 Uhr. Mal flogen wir an einem Tag hin und zurück, mal übernachteten wir im Zielflughafen.

Das machte mir sehr zu schaffen.

Nachdem ich ein weiteres Mal verschlafen hatte, aber gerade noch rechtzeitig zum Flughafen kam, stellte ich den Wecker auf einen Glasteller, legte einen Löffel dazu und platzierte beides auf einem Kochtopf aus Aluminium. Zur Probe schaltete ich den Wecker ein, um die Lautstärke zu prüfen. Ich fand, dass man das Geräusch bis zur Straße hören müsste. Trotzdem schlief ich unruhig und sah immer wieder auf die Uhr. Die

Stunden schlichen dahin. Endlich fiel ich in einen tiefen Schlaf. Doch da war es schon fast Zeit zum Aufstehen. Meine Geräuschkulisse reichte auch diesmal nicht. Im Gegenteil, es waren mehr als 30 Minuten, die ich verschlief. Um dem Dilemma die Krone aufzusetzen, fiel an diesem Tag auch noch der Bus wegen eines Motorschadens aus. Als ich endlich den Flughafen erreichte, konnte ich nur noch die Positionslichter der IL-14 auf der Startbahn von hinten sehen. Die Kollegin vom Bereitschaftsdienst fand das ätzend. Mit Recht. So konnte es nicht weitergehen.

Das fand auch die Staffelleitung, die die Einsatzpläne machte. Sie unterstützte meinen Antrag auf eine Wohngelegenheit in Berlin und die damit verbundene Erteilung der Zuzugsgenehmigung.

Die „Deutsche Lufthansa" hatte zu dieser Zeit

ein kleines Kontingent schwer vermietbarer Ein- und Zwei-Raum-Wohnungen in Berlin-Grünau zur eigenen Verwendung erhalten. Ich hatte das Glück, eine Einweisung in eine solche Ein-Raum-Wohnung zu bekommen. Meine Kolleginnen, die schwarzhaarige Rita und Christel mit dem kupferfarbenen Haar zogen in das gleiche Haus, das von nun an unter den Kollegen das farbige Drei-Mädel-Haus genannt wurde. Ich war die Blonde. Bei diesem Haus handelte es sich um einen ehemaligen Marstall, vor mehr als hundert Jahren erbaut, direkt an der Hauptverkehrsstraße gelegen. Wenn die Straßenbahn alle zwanzig Minuten vorüber rumpelte, bekam das Gebäude jedes Mal das Zittern, aber es hielt stand. Die Wohnungen waren Mansarden von etwa 20 qm ohne Küche und Bad. Wasser holten wir von der Leitung im Treppenflur. Die Toilette war eine Bretterbude mit Plumpsklo unten im Hof und wurde von jeweils zwei Parteien genutzt. (Ich benutzte es nie. Nur zehn Geh-Minuten entfernt befand sich am S-Bahnhof Grünau eine öffentliche Toilette. Sie wurde täglich gereinigt und beheizt war sie im Winter auch.) Es wohnten noch eine junge Familie mit zwei kleinen Kindern und ein alleinstehender älterer Mann im Haus. Erstere „erfreuten" uns ständig durch lautstark und manchmal auch tätlich ausgetragene Meinungsverschiedenheiten, angefacht durch reichlich Alkohol. Den männlichen Bewohner sahen wir fast nie. In dem kleinen Vorraum der Mansarde konnte ich eine elektrische Kochplatte unterbringen und einen Abwaschtisch, wie er damals üblich war – ein rechteckiger Tisch, unter dem man ein Gestell mit zwei emaillierten

Waschschüsseln hervorziehen konnte. Beim Abwasch stand ich mit dem Rücken an der Wand. Das Schmutzwasser wurde anschließend in den gusseisernen Ausguss im Treppenflur gegossen. Im Wohnzimmer stand ein uralter weißer Kachelofen, der bis zur Decke reichte. Er sah gut aus mit einem grünen Zierrand und einer Reliefkachel in Ofenmitte. Er hatte nur den Nachteil, dass er beim Anheizen qualmte und es ewig dauerte, bis er warm wurde.

Kurz, es war kein Luxusobjekt, aber wir waren alle drei glücklich, überhaupt eine eigene Wohnung in Berlin erhalten zu haben.

So packte ich ein weiteres Mal meine sieben Sachen und zog in diese Mansardenwohnung in Berlin-Grünau. Ich löste mein Sparkonto auf und kaufte mir Möbel vom Typensatz „Universal" in Eiche, ein damals gängiges

Modell, das gut kombinierbar und erweiterungsfähig war und mich noch viele Jahre bei den folgenden Umzügen begleitet hat.

Das Wichtigste aber ist: Seither habe ich nicht mehr verschlafen und mich mein Leben lang bemüht, möglichst pünktlich zu sein.

MIT DER IL-14 INS SOZIALISTISCHE AUSLAND

Nach einem Vierteljahr im Inlandsflugdienst durften wir auch die ersten Charterflüge mit Urlaubern nach Rumänien und Bulgarien mit Zwischenlandung in Prag und Budapest betreuen. Ich wähle den Ausdruck „betreuen" ganz bewusst, denn wir waren in der Tat Fluggastbetreuerin und nicht Flugbegleiterin.

Dabei will ich die Tätigkeit der heutigen Flugbegleiterinnen keineswegs diskreditieren.

Das Fliegen ist Normalität geworden, die Aufgaben während des Fluges haben sich verändert und die Arbeitsbedingungen auch.

Aber ich habe es anders erlebt.

Über den Ablauf eines solchen Fluges schrieb ich an meine Schulfreundin:

L.M. Wie versprochen, will ich Dir heute etwas von meiner Arbeit in der IL-14 erzählen. **Monika K., 6. August 1961 , 6.30 Uhr, Burgas, Besatzung W.** - *so steht es in meinem Plan.*

W. ist Hans, Kommandant meiner Stammbesatzung. Wenn mich jemand danach fragt, sage ich immer scherzhaft: Ich gehöre zu Hans und Franz. Franz ist nämlich unser Funker. Von Anfang an haben wir uns alle geduzt und mit Vornamen angesprochen. Zur

Besatzung gehören noch Dieter, der Copilot, Klaus, der Navigator und Wilfried, der Mechaniker. Der Kommandant ist schon einer von den in der DDR ausgebildeten Piloten, während in den Anfangsjahren noch sowjetische Besatzungen und in Uljanowsk ausgebildete deutsche Piloten den Flugverkehr bewältigten. Das nur am Rande. Pünktlich eineinhalb Stunden vor dem Start bin ich am Platz und begebe mich zunächst in den Bordbuffetbereich am Boden. Nach erfolgreichem Kampf um Gläser und Tassen eile ich zur Maschine, um zur Stelle zu sein, wenn die Container mit den vorgefertigten Wurstplatten, das Geschirr, die Wäsche und die Getränke eingeladen werden. Sonst könnte es passieren, dass ich unterwegs ständig etwas suche oder umräumen muss. Das wäre fatal, denn das Buffet in der IL-14 misst nur ca 1 Meter im Quadrat. Doch davon später.

Nun ist erst einmal die Kabine an der Reihe. Die Sessellehnen werden mit weißen Schonbezügen versehen, in die Sitztaschen werden Prospekte und Beschwerdebriefchen (Ja, auch die müssen sein!) gesteckt. Die Klapptische müssen nachgesehen werden, ob nicht noch irgendwelche klebrigen Reste eines verschütteten Mostes an ihnen haften. Die Toilette wird mit Handtüchern, Toilettenpapier und Seife bestückt. Schließlich müssen noch die unvermeidlichen Spucktüten an jedem Platz deponiert werden.

Ist das geschehen, verbleibt noch ein bisschen Zeit, um sich zurecht zu machen, einen kurzen Plausch mit der Besatzung zu halten.

Dann beginnt das fröhliche Treiben. Die Passagiere kommen! - oder besser, wir fliegen ja nach Burgas, - die Touristen.

Du meinst, da besteht kein Unterschied? Weit gefehlt! Ein Tourist benimmt sich stets anders als ein Dienstreisender.

Erstens – er tritt immer in Gruppen auf.

Zweitens – er trägt mindestens einen Fotoapparat bei sich und entdeckt just in dem Moment, wenn die Tür geschlossen werden soll, ein lohnendes Fotomotiv.

Drittens – er reist außer mit einem Koffer noch mit Tasche, Faltbeutel, Badetasche, Federballschläger, Bademantel, Gummitier oder was weiß ich sonst noch.

Doch genug davon.! Ich werde sicher bald wieder Gelegenheit haben, Dir von den lieben Gewohnheiten unserer Touristen zu berichten.

Sie kommen also. Während der Letzte noch mit der Pendeltür des Transitraumes kämpft, hat der Erste schon die Gangway erreicht und fühlt sich durch die Frage nach seiner Bordkarte ernstlich behindert. Doch das kleine Problem ist schnell überwunden. Freudestrahlend stolpert er in die Kabine, denn in der Hast hat er übersehen, dass der Absatz zwischen Gangway und Flugzeug etwas höher ist. Während ich ihm den Mantel abnehme und auf einen Bügel in der dem Eingang gegenüberliegenden Garderobe hänge, drängen sich am Einstieg schon die nachfolgenden Passagiere. Ich muss meine ganze Stimmkraft aufbringen, um zu verhindern, dass sie alle mit einmal einsteigen und die Maschine sich auf das Heck senkt.

Nur wenige Passagiere sagen „Guten Tag".

Dazu haben sie vor lauter Sorge um den besten Platz gar keine Zeit. Mit einem „na da" oder „uff", „so, das hätten wir" oder „wann gehts denn los" machen sie ihrer Erregung Luft.

Sobald die Bordtür geschlossen ist, wofür der Bordmechaniker verantwortlich zeichnet, legt sich die Unruhe und weicht einem erwartungsvollen Schweigen. Man hat den besten oder schlechtesten Platz erwischt – je nachdem. Das Gepäck ist verstaut. Jetzt kann es losgehen.

Nun ist meine Zeit gekommen. Zunächst heiße ich die Gäste herzlich willkommen, nenne die Flughöhe, in der wir fliegen werden, die Geschwindigkeit, einige wichtige Überflugspunkte, stelle den Kommandanten vor und nenne meinen Namen. Anschließend reiche ich die Startbonbons, erkläre den

Wissbegierigen, dass sie keinerlei Wirkstoffe enthalten sondern dazu dienen, die Schlucktätigkeit anzuregen und dadurch den Druckunterschied, der beim Steigen oder Sinken in den Ohren entsteht, auszugleichen.

Inzwischen haben wir die Rollbahn verlassen und sind auf der Startbahn in Position gerollt. Ich muss mich beeilen, damit ich mich in dem kleinen Bordbuffet auf dem Klappsitz auch noch anschnallen kann, bevor es losgeht.

Während die IL-14 auf ihre Reiseflughöhe von 2400 Meter steigt, trage ich die Startzeit, die voraussichtliche Landezeit, die Angaben über die Flughöhe und die durchschnittliche Reisegeschwindigkeit in die Bordinformation ein und mache mir schon immer ein Tablett mit Schokoladentäfelchen zurecht.

Dann gehe ich wieder zu den Passagieren.

Sie haben den Start alle gut überstanden. Nur ein kleines Mädchen, das leicht erkältet ist, hat noch Druckbeschwerden. Doch sie hat bald keine Zeit mehr, daran zu denken, denn das Neue und Ungewohnte nimmt sie gefangen.

Ich muss aufpassen, dass ich mich bei den Fluggästen nicht verplausche, denn die Zeit vergeht schnell und es wartet noch viel Arbeit auf mich. Ich bringe ihnen jetzt die Streckenkarten und erkläre noch einmal ausführlich den Flugverlauf einschließlich der Zwischenlandung. Da keine weiteren Fragen mehr gestellt werden, kann ich mich ins Bordbuffet zurückziehen.

Jetzt komme ich noch einmal auf die Enge, die hier herrscht, zurück. Ich beginne nämlich mit der Vorbereitung des Imbisses, den alle Passagiere bekommen.

Im Bordbuffet sieht es dann ungefähr so aus: Gleich neben der Tür zur Passagierkabine befindet sich der Klappsitz, den ich zum Start und zur Landung einnehme. Nun steht ein Korb mit Brötchen darauf. Dahinter habe ich den Behälter mit dem Obst gestellt und daneben einige Silbertabletts postiert für den Fall, dass ein Passagier nichts essen möchte und nur ein Getränk wünscht.

Das kommt allerdings selten vor. Vielmehr benötige ich die Tabletts für zusätzliche Wünsche.

Über dem Kabinenfenster ist eine Leiste angebracht, auf der ich bereits eine Galerie Milchkännchen und Zuckerschälchen aus Porzellan aufgestellt habe. Auch die Mundservietten aus Stoff finden dort Platz. Das Tischchen vor dem Brotkorb bleibt frei für die Tabletts mit den Wursttellern, die ich mir aus den Containern in einer anderen Ecke der Pantry holen muss. Immer zwei Tabletts haben gleichzeitig darauf Platz. Ein Schubfach wird aufgezogen, damit das Besteck griffbereit und vor allem der Flaschenöffner zur Hand ist.

Weiter links, im Hydraulikraum, stehen die Kästen mit Bier- und Saftflaschen. Darüber hängt, nicht gerade sicher, auf einem Kleiderbügel der Korb für das schmutzige Geschirr. Davor steht der Behälter mit den Thermosflaschen für Kaffee und Tee.

Dem Ganzen gegenüber , also links des Ganges, der zum Cockpit führt, befindet sich der vordere Gepäckraum. Er ist nur durch ein elastisches, aber stabiles Netz vom übrigen Raum abgeteilt. Angesichts der schon eingangs geschilderten Wucht von Koffern, Taschen und sonstigem

Urlaubsutensil schieben sich erhebliche Beulen in den ohnehin schmalen Gang, sodass selbst die Crew mitunter Mühe hat, vorbei zu kommen.

Oberhalb dieses Gepäckraumes befinden sich noch zwei Schiebefächer, die die Kästen mit den Bier- und Saftgläsern enthalten.

Du kannst sicher schon aus dieser kurzen Schilderung entnehmen, dass es einige turnerische Fähigkeiten erfordert, wenn man verhindern will, dass man hinten einreißt, was man vorne aufgebaut hat, dass die Butter nicht am Ellenbogen statt auf der Wurstplatte hängt und das Bier nicht auf dem Rock landet.

Es ist alles schon einmal dagewesen! Erst neulich ist ein Kasten mit Gläsern bei einer Böe völlig unerwartet und überflüssigerweise auf dem Boden gelandet.

Jetzt will ich aber damit aufhören, sonst vergeht Dir noch die Lust am Lesen. Es ist auch alles halb so schlimm, wenn man sich erst einmal daran gewöhnt hat.

Das Servieren beginnt. Es ist warm im Flugzeug und so wird viel Bier und Saft getrunken. Aber auch Kaffee wird gewünscht.

Ein Herr am Fenster in der dritten Reihe ist ganz ungehalten. Er hat schon mehrfach ein Glas Bier bestellt, doch ich bin einfach nicht gekommen! Unerhört!

Ich kann mit ruhigem Gewissen die Ahnungslose spielen, denn der Rufknopf in der Pantry hat nichts angezeigt. Rufkopf? Nein, in dieses Mikrofon hier im Fenster hat er gesprochen.

Ich muss lächeln, denn das vermeintliche Mikrofon im Fenster ist eine

Silikagelpatrone, die das Beschlagen der Doppelscheiben verhindern soll. Sein Zorn weicht einem unsicheren Lächeln.

Während die Gäste der letzten Reihe gerade ihren Imbiss erhalten haben, kann ich vorn schon wieder abräumen.

Hier und da wird noch ein Getränk gewünscht und ich eile, denn bis zur Landung in Budapest muss in meinem Bordbuffet wieder Ordnung herrschen.

Auf der zweiten Teilstrecke habe ich dann etwas mehr Zeit und kann mich mit den Passagieren unterhalten und Auskunft geben über alles, was am Flugwesen interessant erscheint.

Ich mache die Fluggäste auf die kleine Grenzstadt Arad an der ungarisch-rumänischen Grenze aufmerksam und auf die alte Festung, die von unzähligen Wällen umgeben ist und von oben wie ein großer Stern aussieht.

Bevor wir über die Karpaten fliegen, steigen wir auf 3000 Meter Höhe. Die Munterkeit der Passagiere lässt merklich nach. Der Sauerstoffmangel macht sich bemerkbar. Die IL-14 hat keine Druckkabine. Die Innenluft entspricht der Außenluft und in 3000 Meter Höhe ist das wie im Hochgebirge. Das ist kein Problem, wenn man langsam einen Berg erklimmt, aber im Flugzeug ist der Höhenwechsel mit dem eines Hochspringers vergleichbar.

Um zu verhindern, dass mir einer nach dem anderen einschläft, serviere ich nun Kaffee und Kuchen. Später erhalten die Gäste noch einmal ein Täfelchen Schokolade.

Über den Karpaten hatten sich, wie gewöhnlich einige Gewitter zusammengebraut, die wir umfliegen mussten. Dabei wurde es etwas böig und zwei, drei Tüten mussten weggebracht werden.

Aber sonst haben alle den Flug gut überstanden.

Eben sind wir an Varna vorbeigeflogen und in 20 Minuten werden wir in Burgas landen.

Die Touristen sind nun tüchtig gespannt, was sie in Bulgarien erwartet.

Ich freue mich auf den verdienten Feierabend und auf das Bad im Schwarzen Meer.

Während die Maschine auf der unebenen Grasnarbe mit unsanften Bewegungen ausrollt, verabschiede ich mich von meinen Gästen und wünsche ihnen schöne Urlaubstage.

Diesmal geht keiner grußlos vorüber. Alle

bedanken sich freundlich bevor sie blinzelnd in die heiße Sonne hinaussteigen.

Nun weißt Du also, wie so ein Flug hinter den Kulissen aussieht. Es ist anstrengend und ich bin erschöpft, gewiss, aber es ist zugleich auch schön. Ich freue mich schon wieder auf den nächsten Flug, der wieder ganz anders und neu sein wird.

Die Flüge nach Varna und Burgas waren bei allen Stewardessen sehr beliebt. Da die Flugdauer insgesamt mehr als sechs Stunden betrug und die Zwischenlandung in Budapest noch einmal eineinhalb Stunden dauerte, konnte der Rückflug erst am nächsten Morgen durchgeführt werden. So übernachteten wir stets in der Stadt, genossen es, im warmen Wasser des Schwarzen Meeres zu baden und im heißen Sand am Strand zu liegen.

Das Hotelrestaurant mit großzügiger Gartenterrasse bot lukullische Genüsse, die wir von zu Hause nicht kannten. Besonders beliebt waren die Kebabtschita – gegrillte Hackfleischröllchen aus Hammelfleisch mit viel Knoblauch – und dazu ein Schopska-Salat aus Gurken, Tomaten, scharfen grünen Peperoni und Schafskäse. Der Genuss von Knoblauch brachte uns nicht in Verlegenheit, denn beinahe jedes Gericht wurde mit Knoblauch zubereitet. Die ganze Luft war Knoblauch geschwängert. Nach 14 Tagen Urlaub hatten auch die Touristen den Geruch angenommen. Ich erinnere mich, dass ich bei meinem ersten Flug nach Sofia beinahe zu ersticken glaubte, als die Bordtür geöffnet wurde und ein heißer Schwall von Knoblauchdunst mich umgab. Die Flüge nach Varna und Burgas waren zugleich auch die längsten Strecken, die wir seinerzeit flogen. 1800 bzw. 1850 km eine Strecke. Das wirkte sich natürlich auch auf das Kilometergeld aus. Aber die Verkehrsdichte ist mit der heutigen überhaupt nicht zu vergleichen. Wenn wir fünf bis sieben Langstreckenflüge und noch einmal zehn Kurzstreckenflüge im Monat hatten, war das schon sehr viel. In der restlichen Zeit hatten wir frei oder engagierten uns bei gesellschaftlicher Arbeit, z.B. bei Veranstaltungen der Volkssolidarität in Altenheimen, wo wir von unserer Arbeit berichteten, Kaffee und Kuchen servierten und gemeinsam Volkslieder sangen. Einer unserer Stewards konnte gut Klavier spielen und sorgte damit für den guten Ton.

EINMAL PILOT SEIN

Zwischen den Auslandsflügen wurden wir

auch immer wieder für Inlandflüge eingeteilt. Die waren nicht immer ausgebucht und manchmal kam es vor, dass gar keine Passagiere an Bord waren. Solch einen Flug erlebte ich auf der Rücktour von Barth nach Berlin. Wir hatten Urlauber an die Ostsee gebracht und für den Rückflug nur etwas Fracht geladen. Das Wetter war sommerlich warm, kaum Wind und nur wenige Kumuluswolken am Himmel. Ich stand in der offenen Tür zum Cockpit und betrachtete die unter uns vorüberziehende Landschaft. Da fragte mich der Kommandant plötzlich:

"Wie siehts aus, Mädchen, willst Du auch mal fliegen?"

Ich erschrak. „Geht denn das?"

„Komm, setz` Dich her. Klaus zeigt Dir, wie es geht."

Damit stand er auf und begab sich nach hinten

in die Kabine. Dieter, der Co-Pilot blieb, wo er war. Ich setzte mich auf den Pilotensitz und ließ mir von unserem Navigator die Geräte erklären.

„Den Höhenmesser, den Kreiselhorizont und den Kreiselkompass musst Du immer im Auge behalten. Mit dem Steuerknüppel kannst Du das Höhenruder und die Seitenruder bewegen. Versuche mal, die Maschine gerade in der Luft zu halten und den Kurs beizubehalten."

Ich griff vorsichtig nach dem Steuer. Der Co-Pilot nahm die Hände vom Ruder und überließ mir das Flugzeug. Ganz vorsichtig bewegte ich das Steuer nach rechts und dann gleich wieder nach links. Das Flugzeug reagierte sofort. Das Gleiche wiederholte sich nach oben und unten. Auf dem Kreiselhorizont konnte ich verfolgen, wie die IL-14 aus dem Zentrum des Gerätes nach rechts und links und dann nach oben und unten abwich. Wir flogen nur in 600 Meter Höhe, aber ich wagte kaum einen Blick aus dem Cockpit auf die Landschaft, die vor und unter uns dahin glitt. Wie bei einem Fahranfänger im Auto hielt ich den Steuerknüppel krampfhaft in der Hand und konzentrierte mich auf den Kreiselhorizont. Es war gar nicht so einfach, die Maschine gerade zu halten. Jede Lageveränderung wurde sofort sichtbar.

„Bleib locker, Mädchen", sagte Dieter. Ich hab` die Sache schon im Griff." Sprach`s und verschlang die Hände lässig hinter dem Kopf.

Es gelang mir, etwa zehn Minuten lang ein Flugzeug zu steuern. Als die Kursänderung anstand, übernahm Hans wieder das Kommando. Für mich war es ein tolles Erlebnis. Aber davon konnte ich natürlich keinem etwas erzählen. Der Kommandant und vielleicht sogar die ganze Besatzung wären wahrscheinlich in Teufels Küche gekommen. Aber, wer weiß, vielleicht hätte ich ein Angebot der „Deutschen Lufthansa" angenommen und wäre Pilotin geworden. Doch zu jener Zeit war das eine Illusion. Die Piloten kamen durchweg erst nach einem Dienst in der Armee zur zivilen Luftfahrt und Frauen in der Armee – wer hatte so etwas je gehört?

Auch meiner Freundin Marianne durfte ich nichts von diesem einmaligen Flugerlebnis erzählen.

Von anderen Flügen und Erlebnissen mit Passagieren war das schon eher möglich. So schrieb ich eines Tages an Marianne:

L.M. Nie hätte ich gedacht, dass ein erwachsener Mann so ängstlich und unbeholfen sein könnte.

Es war kurz nach dem Start. Wir befanden uns noch im Steigflug. Ich bereitete gerade das Tablett mit Schokolade vor, als es klingelt. Ich sehe auf die Anzeigetafel, wo ein Lämpchen aufleuchtet. „Toilette" steht darunter. Na, denke ich, da wird sich wohl jemand geirrt haben und versehentlich die Ruftaste gedrückt haben. Es vergehen keine 60 Sekunden, als es erneut klingelt und diesmal anhaltend. Ich entschließe mich, doch mal nachzusehen, was da los ist. Die Tür ist geschlossen und auf mein Klopfen erhalte ich keine Antwort. Kurz entschlossen mache ich die Tür einen Spalt weit auf.

Das Bild hättest Du sehen sollen! Vor mir steht ein Herr mittleren Alters, etwa 1,80 m groß und hält sich krampfhaft ein Stück Toilettenpapier gegen die Wange.

„Ein Glück, dass Sie kommen", sagt er, "können Sie mir bitte ein Pflaster bringen?" Ich denke, er muss verbluten und eile schnellstens davon, um das Gewünschte zu holen. Dann bittet er mich auch noch, es ihm an die Wange zu kleben, wobei mir seine zittrigen Hände zeigen, dass er selbst dazu wirklich nicht imstande ist. Der Schreck sitzt ihm noch in allen Gliedern.

Als er dann das Papier von der Gefahrenstelle entfernt, muss ich an mich halten, um nicht zu grinsen. Was meinst Du, was zu sehen war? Nichts! Er hatte wohl ein Pickelchen aufgedrückt. Durch den Druckunterschied beim Steigen hatte sich etwas Blut angesammelt, das beim Aufdrücken in der Gegend herumgespritzt war. Es waren in der Tat kleine Spritzer über den ganzen Spiegel verteilt. Ich habe ihm das

Pflästerchen aufgeklebt und als er dann kleinlaut sagte, er werde auch alles wieder sauber machen, musste ich schnell losgehen , um nicht doch noch zu lachen.

Auf diesem Flug hatte ich noch ein Erlebnis ganz anderer Art. In Prag war ein indischer Geistlicher mit seiner Begleiterin zugestiegen. Sie war mit einem leuchtend grünen Sarong bekleidet und er fußlang ganz in Weiß mit einem reich verzierten Kreuz um den Hals. Er ging gemessenen Schrittes auf einen Platz zu, murmelte ein Gebet, bot dann seiner Begleiterin den Fensterplatz an und nahm selbst Platz. Ruhe und Gelassenheit gingen von ihm aus. Langsam und bedächtig besah er sich die Anstecknadel der „Deutschen Lufthansa", bevor er sie an die Dame an seiner Seite weiterreichte. Hast und Eile waren ihm bestimmt fremd.

Als ich dann ins Bordbuffet zurückgehen wollte, zupfte mich jemand verstohlen am Rock. Ich beugte mich zu dem älteren Herrn hinunter, der mir unter vorgehaltener Hand in reinstem Sächsisch zuflüsterte:

„Heite brauchen mer aber geene Angst ham, Freilein, heite fliecht der liebe Gott berseenlich mit".

Nicht wahr, da würdest Du Dich auch nicht mehr fürchten.

Dabei gehören wir ohnehin zu den himmlischen Heerscharen, denn unser Generaldirektor heißt Heiland.

Wenn das kein Omen ist!

DAS ERSTE FLUGJAHR IST VORBEI

Das erste Jahr verging im wahrsten Sinne des Wortes wie im Fluge.

Ich war mit meiner Arbeit und den Umständen des Wohnungswechsels ausgelastet und hatte kaum Zeit, mich um andere Dinge zu kümmern. Dass am 13. August 1961 die Grenze nach Westberlin dicht gemacht wurde, habe ich, nach einem Flug aus Varna kommend, von den Kollegen erfahren. Es hat mich nicht sonderlich berührt. Ich hatte keine Verwandtschaft in Westberlin und zum Einkaufen genügten mir der Alex und die Schönhauser Allee. Ich fand es sogar richtig, dass es nicht mehr so ohne Weiteres möglich war, in den Westen zu fahren. Schließlich hatte ich miterlebt, wie jeden Morgen das „Reinigungsgeschwader", wie wir es nannten – Frauen aus den Randgebieten und Ostberlin- die S-Bahn bevölkerten. Sie fuhren mit Eimer, Schrubber und Gummihandschuhen nach Westberlin, um dort als billige Reinigungskräfte zu arbeiten. Das Westgeld, das sie dafür erhielten, tauschten sie zum Wechselkurs von 1:5 um oder kauften dafür Waren, die es in Ostberlin nicht gab, Strumpfhosen zum Beispiel. Sie lebten in Ostberlin zu niedrigen Mietpreisen und billigen Nahrungsmitteln, erkauften sich mit den Raritäten Dinge, die im Osten Mangelware waren und sahen auch noch spöttisch auf alle herab, die es nicht genauso machten. Meine Kolleginnen und Kollegen dachten ähnlich und so gab es keinen Anlass zu irgendwelchen Auseinandersetzungen.

Ende August überraschte mich mein Freund Harald mit einem unangekündigten Besuch auf dem Flugplatz. Wir hatten uns in der 10.Klasse ineinander verliebt .

Nach dem Abitur bewarb sich Harald bei der Handelsmarine, da er jedoch kein Arbeiterkind war, wurde seine Bewerbung abgelehnt. Die erst 1953 ins Leben gerufenen Seestreitkräfte nahmen ihn mit seinem ausgezeichneten Abitur indes mit Kusshand. So ging sein Wunsch, zur See zu fahren, wenigstens teilweise in Erfüllung.

Ich absolvierte den Stewardessen-Grundlehrgang und „ging in die Luft".

Trotzdem wollten wir zusammen bleiben. Wir

schrieben uns kurze Briefe und besuchten uns gegenseitig, wenn sich die Gelegenheit dazu ergab.

Dieses Treffen auf dem Flughafen deutete schon auf etwas Besonderes hin. Und so war es auch. Harald teilte mir mit, dass er in wenigen Tagen zu einem 5-jährigen Studium in die Sowjetunion aufbrechen werde. Er hatte sich für eine Offizierslaufbahn entschieden und wurde, gemeinsam mit vierzig anderen Offiziersanwärtern, zur Ausbildung in die Sowjetunion delegiert. Wohin genau, konnte er nicht sagen. Das hatte man bei der Delegierung noch geheim gehalten. Er wusste lediglich, dass er frühestens im Februar kommenden Jahres auf Heimaturlaub fahren oder fliegen durfte.

Das musste ich erst einmal verdauen. Es blieb kaum Zeit, Abschied zu nehmen und es dauerte mehr als vier Wochen, bis der erste Brief eintraf. Er kam aus Baku, Aserbaidschan, mehr als fünftausend Kilometer von zu Hause entfernt.

Für mich ging das Leben weiter wie bisher, nur mit dem Unterschied, dass ich jetzt noch mehr freie Zeit hatte und der Briefkasten mein bevorzugtes Ziel wurde.

Je näher der Jahreswechsel rückte, desto einsamer fühlte ich mich. Deshalb war ich richtig froh, dass ich über Silvester einen Flug nach Sofia machen sollte. Der gestaltete sich dann allerdings anders als erwartet. Ich hatte viel Zeit, an Marianne zu schreiben:

L.M. Wie Du schon aus der Briefmarke ersehen kannst, erreicht Dich dieser Brief aus Budapest. Hier sitze ich nämlich schon den dritten Tag fest und komme nicht weg.

Am 28.12. sind wir früh in Berlin gestartet

und wollten Fluggäste nach Sofia bringen, die an einer Neujahrsfeier im Rilagebirge teilnehmen wollten. In Budapest hinderte uns ein plötzlicher Nebeleinbruch am Weiterflug.

Unsere 30 Passagiere haben bis gestern hier in Budapest gesessen und sind dann mit der Bahn Richtung Sofia abgedampft. Sie waren eigentlich noch recht guter Dinge, haben alles mit Humor ertragen. Man hatte von Seiten des ungarischen Reisebüros eine Stadtrundfahrt und einen Theaterbesuch organisiert. Das war natürlich nicht zu verachten.

Aber frage nicht, wie es in meinem Bordbuffet aussieht! Ich habe keine Schokolade, keine Zigarette, keinen Saft und kein Bier – ich habe überhaupt nichts mehr. Anfangs saßen die armen Leute ziemlich verlassen und mittellos am Platz im Transitraum und sahen genauso trübe aus wie das Wetter. Dann sind wir losgezogen und haben das Bier und den Saft gleich kastenweise in den Transitraum geschleppt. Nachdem dann auch noch der Cognak ausgetrunken war, wurde es etwas lustiger.

Das Schlimmste ist ja, dass wir hier nicht die Einzigen sind, die auf Wetterbesserung warten. Drei Maschinen mit je 30 Passagieren, die nach Varna und Bukarest wollten, eine Frachtmaschine und eine Linienmaschine aus Bukarest, die hier auf dem Weg nach Berlin zwischenlanden musste, stehen auf dem Rollfeld. Es sieht fast wie eine Invasion aus. Überall blaue Uniformen und deutsche Laute.

Zuerst hatten wir noch gehofft, an unser Ziel zu gelangen. Der Nebel schob sich mühsam

Meter um Meter zurück. Eiligst alarmierten wir alle Passagiere und strömten mit ihnen zum Flugzeug.

Als alle drin saßen und ich schon die Startbonbons verteilte, war es vorbei. Der Nebel hatte sich wieder verdichtet. Alle mussten aussteigen. So etwas habe ich noch nicht erlebt. Wir haben das Ganze drei Mal praktiziert. Der Nebel hat regelrecht Schabernack mit uns getrieben. Beim letzten Mal klappte es schon so gut, dass wir bestimmt eine Rekordzeit hätten stoppen können.

Nun musst Du Dir das Bild vorstellen. Es hat geschneit. Der Schnee ist getaut, steht aber noch in Form von Pfützen auf dem Platz.

Da hindurch patschen im Eiltempo unsere Fluggäste in dicken Wintermänteln und verschwinden einer nach dem anderen schemenhaft im Nebel. In der Maschine angekommen, sind sie von oben bis unten nass. Und dann die enttäuschten Gesichter beim Aussteigen. Es war schon eine Tortur. Endlich fiel die Entscheidung: – Nach Sofia – Fahrt mit dem Zug. Sicher nicht ideal, aber wenigstens ist das Geld nicht umsonst ausgegeben und die Silvesterfeier für dreißig Personen gerettet.

Heute sitze ich in meinem Hotelzimmer in Budapest. Habe schon eine Schwitzkur hinter mir. Die Übungen im Freien sind an mir nicht spurlos vorüber gegangen. Husten, Schnupfen, Kopfschmerzen. Es ist beinahe alles beieinander, was zu einer richtigen Grippe gehört.

Hoffentlich geht es mir bis morgen wieder besser, denn wir wollen doch Silvester feiern. Wenn wir schon nicht nach Hause fliegen *können, wollen wir wenigstens mit den anderen Besatzungen und den ungarischen Kollegen das Neue Jahr begrüßen.*

GEHEN ODER BLEIBEN?

An diese Silvesterfeier kann ich mich nicht mehr erinnern. Ich vermute, dass der Nebel sich doch noch etwas gelichtet hatte und wir einen günstigen Moment für den Start Richtung Berlin nutzten. Die Männer hatten schließlich Familie und wollten sicher nach Hause.

Ich werde den Jahreswechsel wohl in meinem Bett verbracht haben, denn ohne meinen Freund wäre die Neujahrsfeier für mich ziemlich einsam gewesen und für eine Heimfahrt zu meinen Eltern wäre es sowieso zu spät. Seine Neujahrsgrüße erhielt ich einen Monat später. So lange brauchte ein Brief von Baku nach Berlin. An einen Anruf war gar nicht zu denken, denn es hatte zu jener Zeit kaum jemand ein Telefon.

Das neue Jahr nahm seinen Lauf. Ich tat meinen Dienst in der IL-14, flog nach Prag, Budapest und Sofia und neuerdings auch nach Moskau.

Bei einem dieser Flüge, der, mit einer kurzen Zwischenlandung in Vilnius, etwa sechs Stunden dauerte, hatte ich eine Delegation der Staatlichen Plankommission der DDR zu begleiten. Es waren nur zehn Personen und ich hatte unendlich viel Zeit, mich um die Gäste zu kümmern. Von der Flugroute brauchte ich ihnen nicht viel zu erzählen, denn sie flogen häufig nach Moskau.

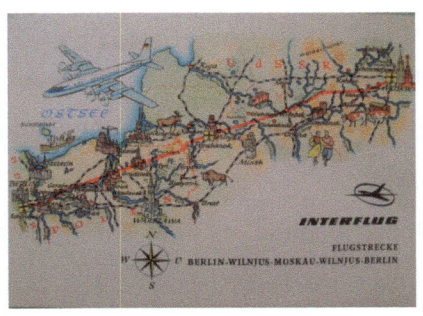

Also setzte ich mich auf einen der freien Plätze
und machte „Small talk", wie man heute sagt.
Schließlich luden sie mich ein, mit ihnen Skat
zu spielen. Ich kannte das Spiel, wusste, wie
gereizt wurde, hatte aber ansonsten keine
Ahnung. Daher versuchte ich immer, in der
Mitspielerposition zu bleiben, was mir auch
gelang. Nach den besagten sechs Stunden Flug
war ich um Einiges klüger und konnte auch
schon mal ein Null Ouvert oder einen Grand
mit Vieren riskieren. Meine Taktik und die
Lernerfolge brachten mir schließlich das

Angebot ein, Mitarbeiter der Staatlichen Plankommission zu werden.

Darüber habe ich ernsthaft nachgedacht, denn zur Wahrheit gehört auch, dass mir das Fliegen zwar Spaß machte, es mir aber beinahe bei jedem Flug Opfer abverlangte. Ich vertrug das Fliegen einfach nicht. Ich glaubte, es sei das Gleichgewichtsorgan, das mir Beschwerden verursachte. Bei der jährlichen FMK, der flugmedizinischen Kontrolle, der wir uns alle unterziehen mussten, wurde jedoch keine Beeinträchtigung festgestellt. Zwar hatte ich auch hier nach dem Test auf dem Drehstuhl Schwindelgefühle, aber dem wurde keine besondere Beachtung seitens der Mediziner beigemessen. Im Nachhinein vermute ich, dass die Arbeit in einer Höhe von 3000 m mit geringem Luftdruck und Sauerstoffgehalt und der ständige Wechsel der Gerüche zwischen

Cockpit, Bordbuffet und Passagierkabine sowie das Bücken und Strecken, Gehen und Wenden letztlich dazu führten, dass ich die „Tüte" mitunter häufiger benutzen musste als meine Passagiere. Dazu kam mein niedriger Blutdruck, der die Übelkeit beförderte. Angst hatte ich jedoch nie. Weder in der IL-14 noch in der IL-18, auf die ich später umsteigen konnte. Ich fühlte mich immer sicher. Auch, wenn das Wetter Kapriolen schlug und das Flugzeug hin und her geworfen wurde, mehrere Meter durchsackte oder plötzlich einen Schwenk zur Seite machte.

Kurz und gut, ich überlegte zu jener Zeit tatsächlich insgeheim, ob ich die Fliegerei nicht besser aufgeben sollte. Das Angebot der Staatlichen Plankommission war ernst gemeint. Es gab sogar ein Eignungsgespräch, das recht positiv verlief. Der Pferdefuß bestand darin, dass ich mich hätte für fünf Jahre verpflichten müssen, in Berlin zu bleiben. Das erschien mir zu lang. Ich wusste ja nicht einmal, ob mir die neue Arbeit wirklich gefallen würde. Mit dem Begriff „Plankommission" verband sich für mich viel Papier, enge Büros, viele Vorschriften.

Das war nicht wirklich das, was ich wollte. Ich entschied mich also dagegen und blieb bei der „Deutschen Lufthansa".

Der Besatzung und auch der Einsatzleitung war nicht verborgen geblieben, dass es mir gesundheitlich auf der IL-14 nicht gut ging. Zwar litt meine Arbeit nicht darunter – die Passagiere wurden immer korrekt bedient und betreut, aber die Reihe der Tüten für den Eigenverbrauch, die sich in dem kleinen Bordbuffet ansammelte, gab zu Denken. Es roch auch nicht gut. In der Toilette, wo der dafür vorgesehene Behälter sich befand, konnte ich sie jedoch während des Fluges nicht entsorgen, denn das hätte Fragen bei den Fluggästen aufgeworfen. Nach dem Flug war ich oftmals wie ausgelaugt und wollte nur noch schlafen, auch, wenn es mir dann wieder besser ging.

Bereits im Frühjahr 1962 hatte ich mit dem Gedanken gespielt, das Fliegen aufzugeben. Ich hatte mich sogar schon am Lehrerbildungsinstitut in Berlin-Köpenick für ein Lehrerstudium beworben und die Aufnahmeprüfung dafür bestanden. Als ich dann aber in dem altehrwürdigen Gebäude der Hochschule mit dem Mief hundertjähriger Mauern, mit dunklen Fluren und engen Klassenräumen den endlos erscheinenden Stundenplan für das erste Semester zu Gesicht bekam, wurde mir bewusst, dass ich es doch trotz aller Probleme jetzt viel besser hatte. Keinesfalls wollte ich schon wieder auf einer Schulbank sitzen und den engen Zwängen eines Stundenplanes unterworfen sein. Hinzu kam, dass Absolventen des Lehrerstudiums in den ersten drei Jahren durch das Institut für Volksbildung an eine Schule vermittelt wurden, die dafür Bedarf angemeldet hatte.Es war also völlig offen, wo ich nach dem Studium arbeiten würde, in Berlin oder in Klein-Kleckersdorf.

Im August 1962 hatte ich mich mit „meinem" Matrosen verlobt, der aber bestimmt nach Abschluss seines Studiums nicht in Berlin und Umgebung bleiben würde. Deshalb hatte ich meine Bewerbung gerade noch rechtzeitig zurückgezogen.

Das Jahr 1962 ging zur Neige, aber das Problem mit meiner gesundheitlichen

Beeinträchtigung während des Fluges war bis dato in keiner Weise gelöst. Ich hatte mich damit abgefunden und stellte sogar spaßeshalber Studien an, welche Speisen ich besser oder gar nicht vertrug.

Zu Beginn des Jahres 1963 wurden alle Stewardessen und Stewards noch einmal auf die Schulbank geschickt für eine gekürzte Ausbildung zum Luftverkehrskaufmann. Dieser neue Ausbildungsberuf war im Ergebnis der Ausweitung des Flugverkehrs entstanden. Die Ausbildung dauerte normalerweise drei Jahre, aber man rechnete uns die bereits gewonnene Berufserfahrung im Flugbetrieb an. Mit dem Berufsabschluss war es nun möglich, in den verschiedenen Servicebereichen der Deutschen Lufthansa zu arbeiten. Auf diese Weise reduzierten sich die freien Tage zwischen den Flügen. Wir wurden auch im Bereich der Abfertigung, des Flugscheinverkaufs und der -Abrechnung eingesetzt. An dem Begriff des „...kaufmanns" störte sich damals niemand, genauso wenig wie die drei männlichen Kollegen sich daran gestört hatten, an einer Stewardessen- grundausbildung teilzunehmen. Die sprachliche Unterscheidung nach den Geschlechtern spielte zu damaliger Zeit keine Rolle.

Nachdem ich den Facharbeiterbrief im März 1963 erhalten hatte, wurde ich zu einem Gespräch in die Einsatzleitung bestellt und ich befürchtete schon, dass ich künftig in der Abfertigung arbeiten sollte. Zu meiner großen Freude wurde ich jedoch auf die IL-18 versetzt.

ZU DRITT AUF DER IL-18

Die Iljuschin – 18 ist eine viermotorige Turboprop, d.h. Turbinenpropellermaschine.

Sie war seit 1960 im internationalen Linien- und Charterverkehr im Einsatz. Es gab zu meiner Zeit nur drei Flugzeuge dieses Typs bei der „Deutschen Lufthansa". Sie hießen: DM-Sierra Tango Alpha (STA), Sierra Tango Bravo (STB) und Sierra Tango Charly (STC) dem internationalen Buchstabier-Alphabet entsprechend. Sie flog beinahe doppelt so schnell, wie die IL-14 und hatte eine Druckkabine, die es erlaubte, in größeren Höhen zu fliegen. Sie konnte 89 Passagiere aufnehmen und acht Besatzungsmitglieder. Wir Stewardessen bzw. Stewards waren zu dritt. Das hätte es mir ermöglicht, mich zurückzuziehen, wenn die Übelkeit mich wieder überfiel, aber es war gar nicht nötig, denn von Stund an ging es mir gesundheitlich gut. Die Zeit des „Opferns" war vorbei.

Leider waren auch die Übernachtungen in den Zielorten passé. Die höhere Geschwindigkeit der IL-18 von 650 bis 750 Km/h ermöglichte es, an einem Tag hin und zurück zu fliegen, ohne die zulässige Arbeitszeit für die Crew zu überschreiten. Das bedauerten wir sehr. Die Erhöhung des Kilometergeldes von 0,95 auf 0,97 Pfennig machte den Verlust ein wenig wett.

Das Jahr 1963 brachte aber noch eine weitere, gravierendere Veränderung mit sich. Bereits seit längerer Zeit wurde gemunkelt, dass die „Deutsche Lufthansa" der DDR und die westdeutsche „Lufthansa" sich in in einem Rechtsstreit um den Namen „Lufthansa" und das damit verbundene Logo des Kranichs befanden. Einzelheiten erfuhren wir nicht. Mitte des Jahres jedoch wurde bekannt gegeben, dass es die „Deutsche Lufthansa" der DDR nicht mehr geben werde. Der Kranich war uns davongeflogen. Unsere Arbeitsplätze jedoch waren gesichert. Wir wurden alle von der neuen Fluggesellschaft „INTERFLUG" mit voller Anerkennung der bisherigen Betriebszugehörigkeit übernommen. Im September erhielten wir einen neuen Arbeitsvertrag, der sich nur wenig von dem alten unterschied, und eine neue Uniform.

Auch sie maßgeschneidert, aber nicht mehr figurbetont und der Stoff leichter durch Verarbeitung synthetischer Fasern, wie sie seinerzeit modern wurden. Die himmelblaue Farbe wich einem Blaugrün, der Kranich, der uns kein Glück gebracht hatte, wurde durch einen stilisierten Erdball ersetzt, durch den ein ebenso stilisiertes Flugzeug flog. Sonst blieb alles beim Alten. (Inzwischen ist leider auch die „Interflug" Geschichte.)

Die Tätigkeit bei der „Interflug" ging einher mit dem Umzug in das schon seit Längerem im Umbau befindliche Abfertigungsgebäude im Nordteil Berlin-Schönefelds. Die Bedingungen für den Abflug und die Ankunft der Fluggäste verbesserten sich erheblich. Das wurde auch notwendig durch das ständig wachsende Passagieraufkommen.

Auch die Arbeit in der IL-18 unterschied sich

wesentlich von meiner bisherigen Tätigkeit in der IL-14.

Ich schrieb an meine Schulfreundin:

L.M. Wie Du schon weißt, arbeite ich jetzt mit Erika und Ingrid zusammen in der IL-18. Wir sind also zu dritt. Dafür haben wir aber auch drei Mal so viele Passagiere zu betreuen, wenn die Maschine voll ausgebucht ist. Durch die kürzere Flugzeit muss nun auch alles viel schneller gehen. Daher teilen wir uns die Aufgaben. Erika begrüßt die Fluggäste per Mikrofon auf Deutsch, Russisch und Englisch. Sie macht die Ansage zum Flugverlauf und zum Gebrauch der Atemmasken, die für jeden Sitzplatz über den Köpfen der Passagiere hängen. Ingrid und ich verteilen währenddessen die Startbonbons und bieten Zeitungen und die Streckenkarten an.

Nachdem der Steigflug fast beendet ist, beginnen wir mit der Vorbereitung des Imbisses. Dazu finden wir in zehn Containern unter der Anrichte im Bordbuffet die vorbereiteten kalten Platten. Wenn wir Pech haben, reißt sich beim Start schon mal ein Container aus der Verankerung und rutscht auf den Boden. Oder es entriegelt sich eine Türklappe und zwei, drei Tabletts fallen heraus. Dann müssen wir improvisieren und schnellstens von anderen Tabletts das Beschädigte ergänzen, denn eine Reserve haben wir nicht dabei. Zum Glück ist das nicht die Regel. Während Erika und ich die Fluggäste nach ihrem Getränkewunsch befragen, hat Ingrid die Brötchen in den Aufwärmbehälter geschoben, die ersten vier Kalten Platten vorbereitet und die Gläser bzw. Tassen bereit gestellt. So brauchen wir nur noch die entsprechenden Getränke einzugießen, jeweils zwei Platten zu nehmen und die Passagiere zu bedienen. Eine beginnt dabei ganz vorn, die andere in der letzten Reihe der Hauptkabine. Die neun Passagiere, die hinter der Pantry im Heck Platz gefunden haben, werden zuletzt bedient. Kaum hat der letzte Fluggast sein Mahl beendet, räumen wir das Tablett wieder ab, denn wir müssen die Gläser und das Besteck abwaschen für die nächste Teilstrecke. Das Bordbuffet ist nicht allzu groß, viereinhalb Quadratmeter etwa, da muss man aufpassen, dass man sich nicht gegenseitig behindert. Aber das lernt man mit der Zeit. Nach dem Imbiss wird noch einmal Kaffee angeboten, Zigaretten und Schokoladentäfelchen gereicht. Das schafft eine allein. Da können sich die anderen beiden dem Abwasch und dem Aufräumen widmen. *Auf den Linienflügen gibt es viele Fluggäste, die nicht zum ersten Mal fliegen. Da kann man sich die Hinweise auf interessante Überflugspunkte sparen. Außerdem fliegen wir oft in 7500 Metern Höhe über den Wolken, sodass die Aussicht begrenzt ist.*

Das verleitet wiederum manchen Passagier, der Stewardess tausend Fragen zu stellen und sie in ein längeres Gespräch zu verwickeln. Ab und zu möchte ein Fluggast dem Flugkapitän einen Besuch abstatten und in das Cockpit schauen. Manchmal erlaubt es der Kommandant, aber meistens ist er voll beschäftigt. Bei einem Schön-Wetter-Flug geht er auch mal durch die Passagierkabine und spricht mit dem einen oder anderen Passagier. Dann sind die Leute teils erfreut, teils besorgt wegen der Flugsicherheit. Aber natürlich ist letztere gesichert, denn es ist ja auch noch der Co-Pilot am Steuer.

Habe ich Dir eigentlich schon erzählt, dass die IL-18 ein Radar im Bug hat? Damit ist es möglich, Schlechtwetterfronten oder Gewitter zu umfliegen oder in Abstimmung mit der Bodenleitstelle die Höhe zu wechseln. Den Luxus gab es in der IL-14 nicht. Im Gegenteil, die meisten Flüge fanden in einer Höhe von 2500 bis 3000 Metern statt, in der die harmlos aussehenden weißen Cumuluswolken sich zu Bergen türmten, in denen es sehr bewegt zuging. Die Wolken ballten sich zusammen und erzeugten eine Energie, mit der das Flugzeug ordentlich durchgeschüttelt wurde. Bei Gewitter durfte gar nicht geflogen werden.

Ich bin schon sehr froh, dass ich jetzt mit der

IL-18 fliegen darf, auch, wenn das mitunter recht sportlich ist. Aber, wie sagst Du immer? Sport ist gesund und Rennen ist gut für die Beine.

Die Arbeit in der IL-18 war anstrengend, besonders, wenn Flüge nach Sofia mit Zwischenlandung in Prag und Budapest anstanden, bei denen jedes Mal Passagiere aus- bzw. zustiegen. Sie alle wollten gut versorgt werden. Die Flugzeiten waren kurz – 45 Minuten bis Prag, eine Stunde 10 Minuten bis Budapest und noch einmal eine gute Stunde bis Sofia. Von einem solchen Flug berichtete ich Marianne:

L.M. Heute bin ich ganz schön kaputt. Wir flogen mit der IL-18 auf einem Linienflug nach Sofia. Die Maschine war jedes Mal voll. 84 Passagiere bis Prag, 86 bis Budapest, 82 bis Sofia und auf der Rücktour sogar 89

Fluggäste und zwei Babys. Die Flugzeit liegt zwischen 1h15 Minuten und 1h30 Minuten. In dieser kurzen Zeit mehr als 80 Fluggästen eine kalte Platte mit einem Getränk, Zigaretten, Schokolade, Streckenkarten und Zeitungen zu bringen, heißt rennen, rennen, rennen vom Start bis zur Landung. Obwohl wir zu viert waren, hatten wir keine ruhige Minute. In dem zwar großen, aber unzweckmäßig eingerichteten Bordbuffet ist man sich ständig im Weg und gerade, wenn man wenig Zeit hat, fällt noch allerhand zu Boden.

Da heißt es nur – Ruhe bewahren!

Von Berlin nach Budapest hatten wir eine Reisegruppe an Bord, die vorwiegend aus älteren Leuten bestand. Ehe sich die Omas und Opas so entschieden hatten, was sie trinken wollten!

„Karl, Du trinkst doch sicher ein Bier."

„Aber ich würde doch lieber Kaffee trinken."

„Denk an Dein Herz, Karl". Sie meint es gut.

„Dann nimm doch lieber einen Fruchtsaft, wenn Du partout kein Bier willst."

„Was darf es denn für ein Saft sein, Apfel oder Orange?" Am liebsten hätte ich die Frage gar nicht gestellt, aber die Antwort kam überraschend schnell.

„O-Saft"

„Und für mich bringen Sie bitte eine schöne Tasse Kaffee mit Milch und Zucker, Fräulein. Oder haben Sie auch Tee? Ach, nein ich lasse es beim Kaffee."

Ich glaube , mein Lächeln geriet allmählich zur Grimasse angesichts dieser Unentschlossenheit.

Bei der Verabschiedung in Sofia stellte ein Passagier dann plötzlich fest, dass sein

Mantel verschwunden war. Statt dessen hielt er einen ähnlichen, jedoch viel größeren Trenchcoat in der Hand. Als er ihn anprobierte, reichte der Saum bis an die Knöchel und die Schultern hingen am Ellenbogen. So traurig die Sache auch war, es sah zu komisch aus.

Ich hoffe, er hat den Herrn mit seinem richtigen Mantel noch bei der Einreise am Grenzkontrollschalter oder bei der Zollkontrolle erreicht und den Irrtum aufklären können.

Auf dem Rückflug fragte ein Herr beim Abräumen, ob er nicht noch etwas zu essen bekommen könnte. Da konnte ich ihn nur auf die letzte Teilstrecke verweisen, wo wir nochmals einen Imbiss servieren.

„Na gut", sagt er „dann möchte ich jetzt nur noch einen starken Mokka."

Sein Wunsch war mir Befehl und ich eilte, um ihm den gewünschten Mokka und danach noch einen zweiten zu bringen. Zu einer weiteren Bestellung kam es glücklicherweise nicht mehr, denn wir waren bereits im Landeanflug als ich ihm endlich die Tasse entreißen konnte.

Den Clou aber brachte die letzte Teilstrecke von Budapest nach Berlin, auf der wir zwei Babys an Bord hatten. Sie hatten es gut und bequem. Ihre Babykörbchen hingen an der Bordwand gleich hinter dem Einstieg.

Gleich nach dem Start, noch im Steigflug, begannen wir, für das eine Baby das Fläschchen aufzuwärmen. Wir waren gerade dabei, die Gläser zu polieren und das Besteck eizuräumen, als die andere Mutti, das Baby auf dem Arm, in die Pantry stürmte und das Kind zu wickeln wünschte.

Wir haben in Windeseile alles die Arbeitsfläche frei gemacht und dann das Bordbuffet fluchtartig verlassen.

Kannst Du Dir nun vorstellen, dass ich so ziemlich am Ende war?

Dabei habe ich noch gar nicht berichtet, dass bei diesem Flug zwei Paar kostbare Nylonstrümpfe ohne Naht dran glauben mussten und ein Pflaster meinen linken Zeigefinger ziert. Ich hatte mich beim Aufsammeln eines zerbrochenen Teeglases in den Finger geschnitten.

Als ich vorhin mit dem Kommandanten nach Hause gefahren bin, der mich freundlicherweise in seinem Auto mitgenommen hat, war ich völlig erschöpft und nicht fähig, auch nur ein Wort zu sagen.

Inzwischen habe ich ein Fußbad gemacht und mir eine Tasse Kaffee gebrüht. Nun liege ich auf dem Sofa und kann Dir berichten. Nichtsdestotrotz werde ich morgen wieder auf Kurs gehen und freundlich lächelnd drei Mokka servieren, wenn es gewünscht wird.

Nicht bei allen Flügen ging es so turbulent zu. Es kam auch vor, dass das Flugzeug nur zur Hälfte ausgelastet war oder dass wir sogar einen Leerflug hatten. Das war häufig so, wenn Ende August die letzten Urlauber aus Rumänien oder Bulgarien abgeholt werden mussten. Dann hatte ich Muße, in eine Decke eingewickelt, in der Heckkabine am Kabinenfenster zu sitzen und die Landschaft unter mir vorbei gleiten zu sehen.

Auf der Höhe von Brno konnte man bei guter Sicht rechter Hand die Alpen und links in der Ferne die Gipfel der Hohen Tatra erkennen. Besonders gefiel mir jedoch der kurze Flug über die Karpaten, wenn der einsetzende Herbst die Laubwälder an den Hängen der Berge in eine ganze Farbpalette taucht, angefangen von einem noch frischen Grün über Oliv, Ocker, Kastanienrot, Goldgelb bis Kaffeebraun. Dazwischen das satte dunkle Grün der Nadelwälder. Die Gipfel der mittleren Berge sind zumeist abgeplattet und kahl. Die Wiesen von der Sommerhitze welk und grau. Ab und zu blitzen ein paar rote Dächer verstreut liegender kleiner Dörfer und Seen auf. Da kommt man fast ins Träumen.

Wenn dann die erholten Urlauber in Burgas, Varna oder Constanta an Bord kommen, ist man selbst erholt und nimmt besondere Vorkommnisse viel gelassener auf.

Aus Bulgarien brachten wir aber nicht nur relaxte Touristen nach Hause, sondern beförderten im Rumpf der Maschine auch manche Fracht. Wenn ich heute an die fast kindskopfgroßen, reifen Pfirsiche denke, nach denen das ganze Flugzeug duftete, läuft mir gleich das Wasser im Mund zusammen. Sie waren ein Genuss, saftig und süß. Als ich noch mit der IL-14 flog und übernachtete, konnte ich davon nicht genug kriegen. Leider habe ich seit Jahren keine solchen Pfirsiche aus Bulgarien mehr gesehen.

Mit der IL-14 landeten wir in Burgas noch auf einer Grasnarbe, aber es hatte sich in den letzten zwei Jahren viel verändert. Eine neue Start- und Landebahn machte es möglich, auch mit der IL-18 dort zu landen. Die Baracke mit der Abfertigung, die zugleich Aufenthaltsraum für die Passagiere war, ist einem modernen Neubau mit kleinem Restaurant gewichen. Das ermöglichte die schnellere Abfertigung größerer Passagierzahlen und uns, in der zweistündigen Pause zwischen Hin- und Rückflug, die bulgarische Küche weiterhin genießen zu können.

Gourmet-Freuden erlebten wir auch während des zweistündigen Aufenthaltes bei Flügen nach Moskau.

Während der Bordmechaniker sich um die Betankung kümmern musste und der Navigator den Kurs für den Rückflug mit dem Tower abstimmte, traf sich der Rest der Besatzung im Flughafenrestaurant zu einem fürstlichen Mahl. Es bestand zumeist aus fünf Gängen: Krabbensalat oder „Stolitschnij Salat (ein Kartoffelsalat mit Hähnchenfleisch), Hühnernudelsuppe, Kiewer Kotelett oder Beef Stroganoff. Ein Glas Smetana (eine Art Creme fraiche) mit Zucker oder Moskauer Eis und Tee mit Zitrone rundeten das Menü ab. Dann „rollten" wir mit vollem Magen zum Flugzeug in der Gewissheit, dass wir die allzu reichlich genossenen Kalorien in Kürze wieder „ablaufen" würden.

KURZER TURN MIT DER TU-104

Bauliche Veränderungen erlebten wir auch in Berlin- Schönefeld. Bereits vor einem Jahr war eine neue Start- und Landebahn in Betrieb genommen worden. Ein größerer Hangar für die Erweiterung der Flugzeugflotte war im Bau. Drei neue IL-18, die Sierra Tango Delta, die Sierra Tango Echo und die Sierra Tango Foxtrott kamen hinzu. Der gesamte Bereich der Abfertigung, Pass- und Zollkontrolle, Ankunftsbereich und Gepäckausgabe wurde nach erfolgreichem Umbau der ehemaligen Lehrwerkstatt der Henschel-Flugzeugwerke in den Nordteil Berlin- Schönefelds verlegt, der zugleich einen S-Bahn-Anschluss erhielt. Auch das Bordbuffet und ein modernes Restaurant mit Blick auf das Rollfeld fanden hier ihr neues Domizil. Für besondere Gäste aus dem Kapitalistischen Ausland – den Begriff VIP kannte damals keiner – wurde die Generalsvilla ausgebaut. Wir nannten sie immer den „Millionenbau" und glaubten, es sei der Wohnsitz des Herrn Henschel gewesen. Unsere Einsatzleitung, die Betriebsakademie und die anderen Abteilungen zogen in einen Neubaublock unweit des Flugplatzes. Zum Flugzeug wurden wir in einem kleinen Shuttle-Bus gefahren.

Die neue Start- und Landebahn erlaubte auch größeren Flugzeugen den Anflug auf Berlin-Schönefeld, was für uns äußerst wichtig werden sollte.

Nach dem Absturz einer jugoslawischen IL-18 bei Belgrad wurden für unbestimmte Zeit alle Flugzeuge dieses Typs aus dem Verkehr gezogen. Es hätte für die Interflug katastrophale Folgen gehabt, wenn es keinen Ersatz gegeben hätte, denn das Passagieraufkommen war seit Beginn der Fliegerei stetig gestiegen und mit den inzwischen veralteten IL-14 wäre das nicht zu bewältigen gewesen. Glücklicherweise stellte die sowjetische Luftfahrt einige Flugzeuge der „Aeroflot" vom Typ TU-104 für die Ausfallzeit zur Verfügung.

So kam es, dass auch ich, gemeinsam mit drei weiteren Stewardessen, einige Flüge mit der TU-104 absolvierte.

Die TU-104, benannt nach ihrem Konstrukteur Tupolew, war 1955 als zweites Strahlverkehrsflugzeug der Welt in der

Sowjetunion in Dienst genommen worden. Sie flog noch schneller als die IL-18, hatte zwei Turbinenstrahltriebwerke und eine interessante Cockpit-Gestaltung.

Über ein besonderes Erlebnis schrieb ich an meine Schulfreundin:

L.M. Du hast sicher schon gehört, dass wir seit zwei Wochen mit der TU-104 nach Constanta fliegen. Gestern durfte ich auch mitfliegen. Mit dieser Maschine fliegen vier Stewardessen, um die 100 Passagiere in den knapp zwei Stunden Flugzeit mit allem gut versorgen zu können. Zwei von uns arbeiten in der Pantry, die mit dem Bordbuffet in der IL-18 gar nicht zu vergleichen ist. Die beiden anderen servieren. Auf dem Rückflug wird dann gewechselt.

Das Bordbuffet befindet sich unmittelbar vor den Tragflächen direkt hinter dem Cockpit.

Beim Rollen und beim Start ist hier solch ein Lärm, dass man sich nur schreiend verständigen kann.

Erst, wenn man in der Luft und das Fahrwerk eingefahren ist, lässt das Gebrüll der Triebwerke nach. Das Arbeiten macht hier wirklich Spaß.

Für den Fall, dass die Kabine mal undicht wird, hat jeder Passagier in der Rückenlehne des vorderen Sitzes eine Sauerstoffmaske.

Nun kannst Du Dir ja unsere Touristen

vorstellen. Nichts ist vor ihnen sicher und die Masken erst recht nicht.

Kaum, dass sie saßen, hatten sie auch schon die Maske vor der Nase. Es kostete einige Mühe, die einzelnen Schläuche wieder zu ordnen und alles wieder ordnungsgemäß zu verstauen.

Mr. Tipp-Topp schimpft mit uns, wenn etwas schief geht.

Mr. Tipp-Topp ist der Mechaniker. Wir fliegen nämlich mit einer sowjetischen Besatzung und der Mechaniker begrüßt uns morgens immer mit der Frage:"Bce (gesprochen fsjo) tipp-topp?" - alles in Ordnung?

Da lässt natürlich ein Spitzname nicht lange auf sich warten.

Übrigens hat die TU-104 auch so ihre Geheimnisse.

Wir stehen nach der Landung im Heck der Maschine und verabschieden die Passagiere, als plötzlich draußen jemand ruft:"Bce tipp-topp?"

Es war tatsächlich der Mechaniker. Wie kam er nur so schnell hinaus, ohne an uns vorbei zu müssen?

Da befindet sich doch im Bordbuffet eine Klappe im Boden, unter der sich das Bugfahrwerk und eine Bordleiter befinden.

Dort steigt die Besatzung noch vor den Passagieren aus.

Wir haben den ganzen Flug über dort gearbeitet und haben sie nicht einmal bemerkt.

Das Schönste am gestrigen Flug aber war die Landung in Berlin.

Gewiss hast Du schon gesehen, dass die Spitze der Flugzeugkanzel aus einem durchsichtigen Plexiglas besteht. Dort vorn sitzt der Navigator und hat einen herrlichen Ausblick. Beim Landeanflug in Berlin hatte der Kommandant mir erlaubt, mich neben den Navigator zu setzen.

Der Ausblick war phantastisch. Ein riesiges Häusermeer lag vor mir, dessen Ende nicht abzusehen war. Dazwischen ein Gewirr von Straßen und die Schienenstränge der S-Bahn. Direkt unter uns lag der Müggelsee. Man konnte sogar die Sonntagsgäste auf dem Müggelturm erkennen.

Zahlreiche Boote und die Dampfer der „Weißen Flotte" bevölkerten die Dahme und den Müggelsee. In den Strandbädern war vor lauter Menschen kein Sand mehr zu sehen.

Und dann entdeckte ich vor uns die Landebahn. Zuerst noch in weiter Ferne ein schmaler, grauer Strich. Dann immer näher kommend und breiter werdend.

Du, das ist ein Gefühl, wenn die Maschine fällt und mit einer noch hohen Geschwindigkeit auf diesen schmalen Betonstreifen zurast.

Es gehört viel Können und Erfahrung dazu, das große Flugzeug gut zu landen.

Bei einem verstohlenen Seitenblick auf die etwas erhöht hinter mir sitzenden Piloten stellte ich fest, dass sie sich bis aufs Äußerste konzentrierten.

Die Befehle des Kommandanten kamen knapp und präzise. Sie wurden prompt ausgeführt.

Am schlimmsten kamen mir die letzten paar hundert Meter vor. Unter uns lagen schon die Schrebergärten von Bohnsdorf. Die Besitzer waren tief fliegende Flugzeuge längst gewöhnt. Sie schauten nicht einmal von ihrer Arbeit auf. Die TU-104 sank immer schneller, aber es standen noch ein paar Einflugsignale in der Flugschneise und einige Betonrohre lagen quer vor der Bahn.

Unwillkürlich hielt ich den Atem an und dachte an das ausgefahrene Fahrwerk.

Als dann die Maschine weich und sicher aufsetzte, die Bremsklappen weit ausgefahren waren und das Flugzeug stark bremste, löste sich meine Anspannung in einem befreiten Aufatmen.

Heimlich schielte ich zum Navigator. War es ihm ähnlich ergangen?

Es war ihm keine Erregung anzusehen. Für ihn war die Landung Alltag.

Für mich jedenfalls war es ein großes Erlebnis, von dem ich gewiss noch meinen Enkeln erzählen werde, so ich denn welche haben werde.

Bei den Flügen mit der TU-104 konnte ich auch endlich meine Russisch-Kenntnisse zur Anwendung bringen. Das war zwar bei den Flügen nach Moskau ab und zu auch der Fall, aber bei den weitaus meisten Flügen beförderten wir nur deutsch sprechende Gäste und bei den Charterflügen mit Urlaubern sowieso.

Dass ich so gut wie keine Berührung mit Englischsprachigen hatte, kam mir entgegen, denn meine Englisch-Kenntnisse waren weniger gut. Das führte sogar einmal zu einem fatalen Missverständnis als ich mich mit einem jugoslawischen Piloten auf dem Flugplatz zu einem Treffen verabredete und den Mittwoch - Wednesday mit dem Donnerstag - Thursday verwechselte. Wir sahen uns nie wieder.

LETZTE LANDUNG

Seit meinem Umstieg auf die IL-18 war ich bemüht, in jedem Februar und Mai die Flüge nach und von Moskau zu begleiten, mit denen die Kursanten (Offiziersschüler) aus Baku regelmäßig in den Urlaub flogen. Dann war ich mir mit meinen Kolleginnen einig, dass mein Verlobter und seine engsten Freunde gleich hinter dem Bordbuffet in der Heckkabine einen Platz bekamen. Das ermöglichte mir nicht nur, die Stunden des Zusammenseins ein wenig zu verlängern, sondern auch, ihnen eine besondere Betreuung zukommen zu lassen.

Wie schon erwähnt, gab es in der Il-18 im Bordbuffet einen Wärmebehälter zum Aufwärmen der Brötchen und kleiner Gerichte, die wir für die Besatzung mitführten.

Die tagtägliche Versorgung mit den Imbissplatten, wie sie die Passagiere erhielten und wie das am Anfang auch für die Crew noch üblich war, hätte die Gesundheit auf Dauer beeinträchtigt. Die Temperatur in dem Wärmebehälter erlaubte ein gefahrloses Aufwärmen kleiner Gerichte. Ja, sie war sogar hoch genug, um Rührei darin zuzubereiten, ein beliebtes Gericht meines Verlobten, das seine Freunde natürlich auch nicht ausschlugen. Die Eier brachte ich von zu Hause mit. Auf Zwiebeln und Schinken musste verzichtet werden. Aber das machte nichts. Die Freude darüber, endlich wieder heimische Küche zu genießen, ließ sie darüber hinweg sehen. Natürlich sparte ich auch nicht mit Bier und Cognac. So gestalteten sich die Heimflüge der Matrosen im dritten und vierten Studienjahr zumeist feucht-fröhlich.

Im Sommer 1964 heirateten wir. Von da an durfte ich meinen Ehemann auch an seinem fernen Studienort in Baku besuchen, allerdings als Privatperson und nicht als Stewardess. Die Formalitäten und Genehmigungen nahmen immer eine lange Zeit in Anspruch, sodass ich nur einmal im Jahr die Möglichkeit wahrnehmen konnte. Trotzdem habe ich sehr schöne Erinnerungen an diese Aufenthalte.

Die Arbeit bei der Interflug ging indes weiter wie gewohnt. Die Il-18 war mein zweites Zuhause. Die Passagierzahlen nahmen zu und die Anzahl der Flüge auch.

Immer seltener hatte ich noch Zeit und Lust zum Briefe schreiben. Nur einmal schrieb ich noch an meine Schulfreundin:

L.M. Diesen Brief schreibe ich Dir in aller Schnelle während einer Zwischenlandung in

Bukarest.

Uns, das heißt meinen Kolleginnen und mir ist nämlich etwas Tolles passiert.

Wir hatten gerade die siegreiche rumänische Hallenhandballmannschaft in der Maschine.

Unter ihnen befand sich auch der ärztliche Betreuer.

Du hättest mit dabei sein sollen. Da hättest Du mal rumänisches Temperament und Tempo in Aktion erleben können.

Als meine Kollegin ins Cockpit zur Besatzung ging, um die Überflugszeiten zu holen, sprach sie besagter Herr in recht gebrochenem Deutsch an und lud sie zu einer Stadtrundfahrt durch Bukarest ein.

Sie musste aber ablehnen, da sie sich bereits mit Bekannten verabredet hatte. Er schien das misszuverstehen und erweiterte das Angebot auf alle drei Stewardessen. Nun kommt man ja nicht alle Tage auf so bequeme Weise zu einer Stadtrundfahrt durch Bukarest. Wir nahmen das Angebot an, natürlich, nachdem wir uns vom Kommandanten die Erlaubnis dazu geholt hatten.

Nach der Landung in Bukarest blieb unser Kavalier bis zuletzt in der Maschine und beeilte sich gar nicht mit dem Aussteigen.

Ich ging zu ihm und machte ihn darauf aufmerksam, dass man an der Gangway schon auf ihn wartete.

Er ergriff meine Hand, sah auf meinen Trauring und bedauerte sehr, dass ich schon vergeben sei. Er hätte sich gern mit mir angefreundet und sogar geheiratet und nach Bukarest geholt. Sichtlich geknickt begab er sich zum Ausstieg. Hier erwartete ihn schon meine Kollegin . Er überreichte ihr in seiner *charmanten Art den roten Nelkenstrauss, den er zur Verabschiedung in Berlin bekommen hatte, und flüsterte ihr zu, dass er am liebsten mit ihr allein die Stadtrundfahrt machen würde und dann vielleicht noch in eine Bar?*

Na, was sagst Du? Ist das Tempo?

Ich möchte wetten, unser Charming-Boy ist verheiratet und fällt jetzt bestimmt seiner Frau um den Hals, um ihr zu sagen, wie sehr er sie auf seiner Reise vermisst hat.

Wie dem auch sei. Aus der Stadtrundfahrt wird ohnehin nichts, denn wir haben soeben erfahren, dass wir in einer Stunde gleich wieder nach Berlin zurückfliegen werden.

All diese Briefe habe ich nie abgeschickt. Anfangs wollte ich bei meiner Freundin nicht die Enttäuschung über die Ablehnung ihrer Bewerbung aufleben lassen. Dann wollte ich den Eindruck vermeiden, mit meinen Erlebnissen prahlen zu wollen. Später hatten wir einfach den Kontakt zueinander verloren.

Da ich aber glaubte, dass meine Erlebnisse bei der Fliegerei nicht so alltäglich waren, schrieb ich weiter meine „Briefe" und bot sie eines schönen Tages dem DDR-Jugendmagazin „Neues Leben" an. Nach vier oder fünf Wochen erhielt ich die Antwort, dass der Verlag ein Interesse an meinen Erlebnissen habe, ich das Geschriebene aber kürzen sollte, um dem Format des Magazins gerecht zu werden.

Sie wollten sich mit mir in Verbindung setzen. Dann hörte ich lange Zeit nichts mehr, bis eines Tages ein weiteres Schreiben in meinem Briefkasten landete, in dem ein anderer Redakteur mir mitteilte, dass sie nun doch von einer Veröffentlichung Abstand nehmen würden. Zur Begründung schrieben sie:

„Als Hauptmängel betrachten wir, dass an keiner Stelle Ihres Manuskripts eine politische Position markiert wird....dass nie von einem guten Zusammenspiel des Bordkollektivs die Rede ist. Ihre Erlebnisse hätten auch von einer Stewardess der niederländischen KLM oder der schwedischen SAAB sein können. Suchen Sie in ihrer Erinnerung nach einer Episode, in der wirklich auch politische Haltung in einer außergewöhnlichen Situation gezeigt wird..."

Wenn ich mich recht entsinne, fand in der Zwischenzeit irgendein Parteitag statt, auf dem offensichtlich neue Maßstäbe für die Bildung der sozialistischen Jugend gesetzt wurden.

Ich hatte jedoch zum Umschreiben keine Lust und es fehlte mir auch am Willen, mir irgend etwas auszudenken, denn in der praktischen Arbeit war es zu keinerlei politischen Auseinandersetzungen gekommen, in denen man hätte Haltung zeigen können oder müssen. Dass wir Stewardessen ein gutes, kollegiales Verhältnis zueinander hatten, war nichts, was man besonders erwähnen müsste. Zeit, politische Debatten zu führen, hatten wir nicht. Unsere Arbeit war schön, aber auch anstrengend und immer zeitlich begrenzt.

Spaßeshalber nannten wir uns manchmal „Kellner in Zeitnot". Das wird natürlich der tatsächlichen Tätigkeit nicht gerecht, aber es ist etwas Wahres dran.

Aber vielleicht hätte ich darüber berichten sollen, dass ich die Ehre hatte, Lotte, die Gattin des damaligen Ersten Sekretärs, von Moskau zurück nach Berlin zu betreuen, wo sie am Fuße der Gangway von Walter allein in

Empfang genommen wurde. Er war wohl wieder einmal seinen Aufpassern entwischt, was, wie man munkelte, öfter vorgekommen war. Sie war als Passagier übrigens eine überaus bescheidene und zurückhaltende Person, die selbstverständlich die Heckkabine allein in Beschlag nehmen durfte.

Vielleicht hätte ich auch erwähnen können, dass ich wenige Monate nach meiner Hochzeit das Angebot erhielt, zur Regierungsstaffel zu wechseln. Das war eine verlockende Aussicht, denn Regierungsmitglieder flogen seinerzeit schon in alle Welt und vor allem nach China, Vietnam und Kuba. Aber auch hier nahm ich Abstand, denn das Zusammensein mit der Familie, die zu gründen ich im Begriff war, erschien mir wichtiger.

Kurz und gut, die Briefe verschwanden in meinem Schreibtisch und überdauerten mehrere Umzüge und 60 Lebensjahre.

In dieser Zeit hat sich die Luftfahrt gewaltig entwickelt. Das Flugzeug ist zu einem alltäglichen Verkehrsmittel geworden. Millionen Menschen fliegen täglich in alle Himmelsrichtungen und tausende Flugbegleiter/-innen sind für das Wohl der Passagiere da.

Die „Lufthansa" hat sich zu einem riesigen Unternehmen entwickelt und kämpft nun um ihr Überleben.

Die „Interflug" startete am 30. April 1991 zu ihrem letzten Flug.

Ich habe meine Tätigkeit bei der „Interflug" 1966 aufgegeben, als mein Mann sein Studium in der Sowjetunion beendet und nach Rügen versetzt worden war. Schon ein halbes Jahr zuvor bin ich nicht mehr geflogen, denn meine Tochter kündigte sich an.

Nach 5-jähriger Tätigkeit bei der „Deutschen Lufthansa" / „Interflug" hatte ich eine Million Flugkilometer zurückgelegt. Dafür bekam ich eine Ehrenspange der „Interflug" und einen Relief-Globus mit dem Schriftzug der Fluggesellschaft.

Darauf zeige ich heute meinem Urenkel, wohin ich in all den Jahren gereist bin, als Stewardess und als Passagier, mit modernen Düsenflugzeugen und nostalgischen Erinnerungen an die gute, alte IL-14, die IL-18 und die Jugendjahre.

TEIL II

ALS EHEFRAU IN BAKU

Wenn man jung und verliebt ist, sind sechs Monate Trennung eine lange Zeit. Seit dreieinhalb Jahren sah ich Harald, meinen Schulfreund und nunmehr Verlobten, nur für wenige Tage im Februar und vier Wochen im Sommer. Den Rest des Jahres verbrachte er beim Studium im fernen Baku, während ich als Stewardess der Interflug Urlauber und Geschäftsleute auf ihren Flügen in das sozialistische Ausland betreute.

Aber, Zeit vergeht und Entfernungen werden klein, wenn man sich wirklich liebt und Pläne für die gemeinsame Zukunft schmiedet.

Im Sommer 1964 heirateten wir.

Zum Polterabend, dem Vorabend vor der standesamtlichen Eheschließung, hatten wir nur die engsten Freunde aus unserer Schulzeit in die Wohnung meiner Eltern eingeladen. Und natürlich Haralds Eltern. Zu unserer Freude überraschten uns Günter, der Flugkapitän und Klaus, der Navigator meiner Stammbesatzung auf der IL-18 mit ihrem Besuch.

Es wurde eine fröhliche Feier. Die ersten Gäste verabschiedeten sich kurz vor Mitternacht, nachdem Harald und ich traditionsgemäß die Scherben des zerschlagenen Porzellans zusammengefegt und entsorgt hatten. Es sollte uns Glück bringen. Auch meine künftigen Schwiegereltern hatten sich auf den Weg gemacht und den Bräutigam mitgenommen, weil er am Hochzeitsmorgen noch die Torten für die Feier am Nachmittag vom Bäcker holen sollte.

Das gefiel meinem Kommandanten gar nicht und er machte sich sofort auf den Weg, um Harald zurück zu holen, was ihm auch gelang.

In kleiner Runde saßen wir noch bis in die frühen Morgenstunden und tranken reichlich und diskutierten leidenschaftlich über Gott und die Welt.

Als ich es mir mit Harald auf meiner Schlafcouch gerade gemütlich gemacht hatte, wurde plötzlich die Tür aufgerissen und Günter erschien. Er befahl uns, aufzustehen und vor ihm niederzuknien. Dann gab er uns seinen „Segen". Er wünschte uns Glück, Gesundheit und reichen Kindersegen und nahm Harald das Versprechen ab, mich nicht zu enttäuschen.

Anschließend ließ er sich vom Navigator, der nüchtern geblieben war, nach Hause fahren.

Zu unserem Glück hatten wir den Termin beim

Standesamt erst für den folgenden Tag, 14.00 Uhr angemeldet. Bis dahin waren wir wieder nüchtern und ausgeschlafen. Die Hochzeitsfeier mit zwanzig Gästen fand in einem Gartenrestaurant in Haralds Wohnort statt. Als frisch Vermählte verließen wir kurz nach Mitternacht das Fest, um die letzte S-Bahn nach Berlin-Grünau zu erreichen, wo ich noch immer in der Mansarde wohnte.

Mit unserer Heirat war zugleich ein sehnlichster Wunsch in greifbare Nähe gerückt, nämlich, die lange Wartezeit, in der wir uns nicht sehen konnten, etwas zu verkürzen. Ehefrauen durften einzeln oder in kleinen Gruppen, nach entsprechender Antragstellung und Genehmigung durch das Ministerium zum Besuch ihrer Männer nach Baku reisen. Davon konnte ich dank des Entgegenkommens der „Interflug" mehrfach

Gebrauch machen.

BAKU – EINE ANDERE WELT

Während in Berlin die Herbststürme bereits ihr Unwesen trieben, war es in Baku Anfang November noch spätsommerlich warm. Für meinen ersten Besuch bei meinem Ehemann reichte mein kleiner Reisekoffer, den ich auch für Übernachtungsflüge mit der IL-14 benutzt hatte, vollkommen aus. Aus Haralds Briefen wusste ich, dass die Verköstigung in seiner „zweiten Heimat" erheblich von unseren Speiseplänen abwich und es immer mal wieder zu Engpässen in der Versorgung gekommen war. Deshalb nahm ich für Mascha, bei der wir freundlicherweise für die Dauer meines Aufenthaltes wohnen durften, ein Kilo Zucker und ein Kilo Mehl mit, sozusagen als

Gastgeschenk. Harald hatte sich Schmalz bestellt. Dafür hatte ich extra beim Fleischer Rückenfett und Liesen gekauft, die ich dann mit Zwiebeln, Majoran und Salz zu Schmalz ausbriet.

Mascha war eine Zivilangestellte der Offiziershochschule, an der Harald studierte. Sie hatte sich mit dem Waschen und Bügeln der Uniformhemden der Offiziersschüler einen kleinen Zuverdienst verschafft und durfte durch meine Unterbringung auf ein paar weitere Rubel hoffen.

Aber erst einmal musste ich überhaupt bis Baku kommen und das war nicht so einfach. Von Berlin bis Moskau flog ich verständlicherweise mit der IL-18 der „Interflug". Ich hätte mich von meinen Kolleginnen bedienen lassen können, aber das ließ meine Berufsehre nicht zu. Da ich keine

Uniform trug, konnte ich zwar die Passagiere in der Kabine nicht betreuen, aber im Bordbuffet war meine Hilfe sehr willkommen. Als ich mich in Moskau von ihnen verabschiedete, beneideten sie mich ein bisschen, denn außer dem Flughafen und dort speziell dem Flughafenrestaurant, hatte keine von uns mehr von diesem großen Land, Sowjetunion, gesehen.

Wir landeten gegen Mittag in Moskau-Scheremetjewo, dem internationalen Flugplatz, an dem alle ausländischen Luftverkehrsgesellschaften und auch die aus dem Ausland kommenden Flugzeuge der sowjetischen „Aeroflot" ankamen und abflogen. Hier fand auch die Pass- und Zollkontrolle statt, die problemlos verlief. Der Weiterflug nach Baku indessen erfolgte vom Inlandsflughafen in Moskau-Wnukowo am anderen Ende der Stadt. Das Gepäck der Transitpassagiere, zu denen nun auch ich gehörte, wurde direkt nach Wnukowo transportiert und in die IL-18 der „Aeroflot" eingeladen. Ich bekam es erst in Baku wieder zu Gesicht.

Vom Flughafen Scheremetjewo fuhr ein Zubringerbus zum Flughafen Wnukowo mit einem Halt im Zentrum Moskaus in der Nähe des Roten Platzes. Da mein Weiterflug erst in den Abendstunden lag, nutzte ich die Gelegenheit zu einem kurzen Stadtbummel. Der Rote Platz war mir von Fotos schon bekannt, aber ihn in natura zu sehen, war viel beeindruckender. Dieser rechteckige Platz wird auf einer Längsseite beherrscht von der roten Ziegelmauer, die den Kreml umgibt, den Sitz der Regierung und zahlreicher Kirchen mit vergoldeten Zwiebeltürmen, die die

Kremlmauer überragen. Eine meterlange, dichte Menschenschlange in der Mitte markierte das Mausoleum, in dem Lenin, nun schon über Jahrzehnte aufgebahrt, in einem gläsernen Sarg lag. Am südlichen Ende des Platzes befindet sich die Basiliuskathedrale. Mit ihren vielen farbigen Zwiebeltürmchen ist sie ein beliebtes Postkartenmotiv. Das eindrucksvolle rote Gebäude mit weißen Fenstersimsen und Stuckaturen beherbergte ein Museum und dem Kreml direkt gegenüber befindet sich das GUM, das Staatliche-Universal-Kaufhaus, in dem man alles kaufen kann, von der Nähnadel bis zum Abendanzug, vom Kochtopf bis zum feinsten Porzellan und natürlich Schmuck und Kristall und vieles andere.

Der Kreml blieb mir verschlossen, an der Basiliuskathedrale wurde gerade gebaut, an dem Museum hatte ich kein Interesse, aber das GUM, das reizte mich schon. Ich hatte noch eine Stunde Zeit, bevor der nächste Zubringerbus fuhr. Das sollte für eine Stippvisite reichen. Ich betrat das GUM von der Seite des Roten Platzes aus und fand mich einer Vielzahl kleiner Buden gegenüber, die, ähnlich wie auf einem Markt, die verschiedensten Dinge anboten. Gleich am Eingang befand sich ein Stand mit russischem Holzgeschirr - Schüsseln, Schalen, Becher, Löffel und Kellen aus Chochloma - mit den bekannten Ornamenten, in Schwarz, Rot und Gold bemalt und lackiert. Daneben ein Stand mit Lampen und Lüstern, gefolgt von Tischwäsche und Wandteppichen. Dann plötzlich allerlei Küchengeräte. Auch die beliebten Matroschkas gab es in allen Größen. Es war ein buntes Durcheinander. Langsam ging ich von einem Stand zum anderen und merkte gar nicht, dass die Gänge zwischen den einzelnen Buden nicht geradlinig verliefen, sondern einem Labyrinth gleich, in verwinkelte Sackgassen führten, die die Orientierung erschwerten.

Ein Blick auf meine Uhr ließ mich beinahe panisch nach einem Ausgang suchen, aber ich musste drei Mütterchen und einen jungen Mann um Hilfe bitten, bevor ich endlich wieder an meinem Ausgangspunkt zurück war.

Den Aeroflot-Zubringer erreichte ich gerade noch rechtzeitig.

Die Abfertigung für den Inlandflug nach Baku verlief reibungslos. Bald saß ich in der IL-18 neben einem fremdländisch aussehenden Herrn mittleren Alters.

Es dauerte gar nicht lange, da wollte er wissen, woher ich käme. Aus Berlin? Wie schön. Er war schon einmal in Deutschland. Es hat ihm sehr gut dort gefallen. Die Deutschen seien ein Volk mit Kultur. Dann rezitierte er ein paar Zeilen eines Gedichtes. War das von Goethe oder Schiller? Ich wusste es nicht. Ich hatte kaum den Sinn der Strophen erfasst, denn mein Russisch genügte lediglich dem Alltag und dem Reisen.

Dann versuchte er es mit Musik und summte eine Melodie. Sie kam mir bekannt vor. Vielleicht von Mozart oder auch Beethoven. Auf jeden Fall etwas Klassisches. Ich lächelte wissend, wollte mich aber nicht weiter dazu äußern.

Das nächste Mal versuchte er es mit Mathematik, zeichnete ein Dreieck in die Luft und fragte, ob ich „Pifagora" kenne. Das Dreieck sagte mir etwas, aber „Pifagora"? Nie gehört.

Schließlich erkundigte er sich nach meinem Beruf. Es war mir sehr peinlich, Stewardess sagen zu müssen, denn er dachte nun vielleicht, dass alle Stewardessen ungebildet sind, was natürlich nicht stimmt.

Zum Glück wurde jetzt das Essen serviert - das obligatorische Aeroflot-Huhn, kalt und zäh, aber es rettete mich, denn anschließend machte er die Augen zu und schlief bis zur Landung.

In Baku erwartete mich mein Mann Harald mit Ungeduld, denn wir waren etwas verspätet. Meine erste Frage nach der Begrüßung war: "Kennst Du einen „Pifagora"? „Klar", sagte er, „das ist Pythagoras. Die Russen sprechen und schreiben ihn so, wie er in seiner Landessprache genannt wird."

So einfach ist das also. Doch ich war blamiert. Die Unterkunft bei Mascha lag am anderen Ende der Stadt. Harald rief ein Taxi, das zu jener Zeit noch spottbillig war. Erst jetzt fiel mir dieser eigenwillige Geruch auf, den ich schon von Haralds Uniformen her kannte, wenn er auf Urlaub zu Hause war. Er rührt von den nahen Erdölfeldern her, die in Sichtweite im Kaspischen Meer liegen. Die ganze Stadt war in diesen Dunst gehüllt. Es nahm mir fast den Atem. Nach 45 Minuten zügiger Fahrt hielten wir vor einem einer Baracke ähnlichen Gebäude, vor dem eine Gartenbank stand. Mascha und ihre achtjährige Tochter erwarteten uns schon. Obwohl wir uns nie zuvor gesehen hatten, wurde ich mit großer Herzlichkeit begrüßt und ins Haus gebeten. Hier erwarteten uns nach alter russischer Sitte Wodka, Brot und Salz, sodass wir gleich in die richtige Stimmung kamen. Ich öffnete meinen Koffer und kramte die Tüten mit Mehl und Zucker hervor und für Töchterchen Natascha, ein bunt bedrucktes Nicki.(Den Begriff T-Shirt kannte man noch nicht.) Es passte wie angegossen und sie behielt es gleich an.

Mascha und ihre Tochter lebten zusammen mit der Großmutter sehr bescheiden, ebenerdig in einem Zimmer, das durch Vorhänge in drei Bereiche unterteilt war. Ein „Zimmer" gehörte der „Babuschka", die beiden anderen wurden als Wohn- und Schlafbereich genutzt. Für die Zeit meines Aufenthaltes und das waren immerhin fünf Tage, durften wir den Schlafbereich mit dem metallenen Feldbett nutzen, während Mascha im Wohnbereich auf einem schmalen Diwan schlief und die Tochter zur Großmutter zog. Außerdem gab es noch zur Straßenseite hin einen kleinen Korridor mit Fenster. Hier spielte sich das normale Leben ab, wie wir feststellten. Eine kleine Holzbank, eine an der Wand stehende Kommode, die zugleich als Tisch diente, ein Regal mit einigen Tassen und Tellern und ein Stuhl aus Plastik genügten, um sich wohl zu fühlen. Die Kochgelegenheit bildete eine elektrische Herdplatte. Gleich neben dem Eingang stand ein Zinkeimer mit Wasser, daneben zwei weitere Eimer mit Deckel. In dem einen wurde das Schmutzwasser gesammelt, das einmal am Tag in eine Schmutzwasserrinne vor dem Haus gegossen wurde. In dem anderen wurde Kwas vergoren, ein beliebtes alkoholfreies Getränk, das Mascha selbst herstellte. Sie machte es aus altbackenem Brot, das zuvor im „Wohnzimmer" an einem kleinen, mit Erdöl betriebenen Ofen getrocknet und geröstet wurde. So oft sie uns das wohlschmeckende Getränk anbot, achtete ich ängstlich darauf, dass sie nur ja nicht die Eimer verwechselte. Es war schon sehr gewöhnungsbedürftig.

Noch abenteuerlicher wurde der Gang zur Toilette, wenn man diesen dafür ausgewiesenen Ort denn überhaupt so nennen durfte.

Das Haus hatte keine Wasserversorgung. Für das morgendliche Zähneputzen entnahmen wir Wasser aus dem einen Eimer und schütteten den Rest in den anderen. Abends wuschen wir uns im angrenzenden Garten mit Wasser aus einem zur Zisterne umgebauten Fass. Aber es hieß, sparsam damit umzugehen. Frisches Wasser holten die Bewohner aus einem fünfzig Meter entfernten Brunnen am Rande der unbefestigten Straße.

Das Toilettengebäude befand sich entgegengesetzt dazu etwa hundert Meter weiter an einem kleinen Platz, der nachts spärlich von einer Straßenlampe erleuchtet wurde. In dem Gebäude gab es eine gemauerte

Trennwand und separate Eingänge, d.h., Öffnungen ohne Türen, für Männer und Frauen und dahinter eine Reihe von in die Erde eingelassenen Löchern mit einem Abfluss in die Tiefe. Das war alles! Wasser und Papier galt es, mitzunehmen. Einmal am Tag kam eine Reinigungsbrigade mit einem großen Wasserwagen und einem langen Schlauch. Dann wurde alles abgespritzt und desinfiziert.

Ich war in Berlin mit dem zu meiner Wohnung gehörenden Plumpsklo nicht verwöhnt. Trotzdem vermied ich es weitestgehend, diesen Ort aufzusuchen.

Obwohl ich von den örtlichen Gegebenheiten leicht geschockt war, ließ ich mir nichts anmerken und war Mascha dankbar dafür, dass sie uns überhaupt beherbergte.

Im Übrigen tat Harald sein Möglichstes, um mir den Aufenthalt in Baku so angenehm wie möglich zu machen.

Erst nach und nach wurde mir bewusst, dass ich meinen Fuß nicht nur in ein fremdes Land, sondern auch auf einen anderen Kontinent gesetzt hatte. Aserbaidschan, 5000 km Luftlinie von Deutschland entfernt, liegt am Kaspischen Meer und grenzt an Armenien, den Iran und Turkestan. Es ist, wenn man so will, das erste asiatische Land aus europäischer Sicht. Es wird übersetzt auch „Land des Feuers" genannt. Erdöl- und Erdgas-vorkommen mögen zu dieser Bezeichnung beitragen. Hier sollen seinerzeit auch die „Feueranbeter" beheimatet gewesen sein.

Harald und sein Freund Peter hatten es sich zur Aufgabe gemacht, mir in der kurzen Zeit meines Besuches möglichst viel von Baku zu zeigen.

Baku, die Hauptstadt Aserbaidschans, liegt auf

der Halbinsel Apscheron, lang hingestreckt am südwestlichen Ufer des Kaspischen Meeres. Von unserer Unterkunft bei Mascha fuhren wir mit einem klapprigen Bus ohne Fensterscheiben beinahe eine Stunde lang an kleinen Vorstadtsiedlungen vorbei bis wir in die Nähe des Zentrums gelangten. Aus dem Bus sahen wir ein imposantes Gebäude mit vier Ecktürmen, einer Freitreppe und einem Säulengang. Es war das Regierungsgebäude, das erst in der Zeit nach dem zweiten Weltkrieg nach Plänen eines einheimischen Architekten von überwiegend deutschen Kriegsgefangenen erbaut worden ist, wie uns Peter erzählte. Es wirkte auf mich sehr kompakt und respektheischend. Wenig später stiegen wir am Michailow-Garten aus, einer kleinen Parkanlage mit exotischen Pflanzen und vielen Palmen. Im Hintergrund wieder ein beeindruckendes Gebäude mit vier Skulpturen in den Nischen der mit Stuck verzierten Fassade.

„Das ist die Philharmonie“, erklärte mir Harald.

„Sie ist benannt nach Muslim Magomajew.“ Ich dachte natürlich gleich an den jungen, gut aussehenden Bariton, der damals sehr bekannt war, vor allem auch deshalb, weil er sowohl Opernarien als auch volkstümliche Musik und sogar Schlager sang und damit die Kritik der Vertreter klassischer Musik hervorrief.

Aber das konnte ja wohl kaum sein.

„Muslim Magomajew hieß auch sein Großvater. Der war hier ein bekannter Komponist, der viel zur Erhaltung der traditionellen Musik beigetragen haben soll“, erläuterte mein Mann und das erschien mir plausibel.

Nachdem wir das Haus des Stadtsowjets (heute würde man Rathaus sagen), ein weiteres architektonisches Meisterwerk mit vielen Verzierungen und einem Glockenturm, bewundert und auf meinen Fotoapparat gebannt hatten, schlenderten wir zum nahegelegenen Boulevard, der uns, flankiert von einer breiten Grünanlage, in weitem Bogen dem Ufer des Kaspischen Meeres folgend, bis zur historischen Altstadt führte. Schon von Weitem sahen wir das dunkle Gemäuer eines schmucklosen Turmes, der an dieser Stelle alle anderen Bauten überragte.

„Das ist der „Jungfrauenturm", ein Relikt aus dem 12. Jahrhundert. Er stand zu jener Zeit noch im Wasser, aber der Wasserspiegel des Kaspischen Meeres hat stetig abgenommen, sodass er nun schon beinahe hundert Meter landeinwärts steht."

„Ja, und man erzählt, dass sich hier einst ein schönes, junges Mädchen in die Fluten des Meeres stürzte, um der Ehe mit einem ungeliebten Pascha zu entgehen."

Meine beiden Begleiter überboten sich gegenseitig mit der Erklärung der Sehenswürdigkeiten.

Wir umrundeten den Turm und bedauerten das arme Mädchen, das dem Sprung in den Tod der Eitelkeit eines Schahs den Vorzug gegeben hatte. Durch eines der Tore, die in die meterdicke Stadtmauer eingelassen waren, gelangten wir in die Altstadt. Von dem einstigen Palast der Palinschahs war nicht viel übrig geblieben, aber die engen Gassen der Bewohner waren gut erhalten. Sie boten noch immer ein Bild der Armut und Trostlosigkeit. Die zweistöckigen, aus Sand und Lehm bestehenden Häuser standen teilweise so dicht, dass man mit ausgebreiteten Armen das gegenüberstehende Haus berühren konnte. Kein Lichtstrahl verirrte sich hier bis auf den Boden. Es gab keine Fenster und die verwitterten Holztüren waren abweisend geschlossen.

„Leben hier tatsächlich noch Leute?"

„Ja, lass dich von den tristen Fassaden nicht täuschen. Die meisten Häuser haben einen schönen begrünten Innenhof und, du wirst es nicht glauben, diese Straßen kannst du sogar im Kino sehen."

„Wie das?"

„Hier wurden Szenen zu dem Film „Der Amphibienmensch" gedreht. Das ist erst zwei Jahre her."

Diesen utopischen Liebesfilm hatte ich mindestens drei Mal gesehen. Er war seinerzeit in allen Kinos und sehr beliebt. Über 65 Millionen Menschen sollen ihn gesehen haben.

„Erinnerst du dich, wie der Amphibienmensch vor seinen Verfolgern über die Dächer floh und von Straßenseite zu Straßenseite sprang? Das hat man hier aufgenommen."

Das konnte ich mir gut vorstellen. Ich betrachtete die Altstadt nun mit anderen Augen. Aber leben hätte ich hier nicht wollen.

Wir beschleunigten unsere Schritte und erreichten einen freien Platz, auf dem zu meiner Verwunderung eine Moschee mit einem kunstvoll gestalteten Eingangstor und zwei Minaretten stand.

Aserbaidschan ist ein muslimisch geprägtes Land. Generationen von Schahs regierten hier über mehrere Jahrhunderte hinweg. In der Sowjetunion war die Bevölkerung durch Zuwanderung russischer Einwohner gemischt. Man nahm es nicht so genau mit dem Glauben. Die jungen Mädchen und auch die alten Frauen gingen unverschleiert durch die Straßen und wir hörten auch nie einen

Muezzin zum Gebet rufen. Da wir aber zu jener Zeit so gut wie nichts vom Islam wussten, fiel uns das nicht auf.

Ich war sehr verwundert, als wir am Eingang der Moschee von einem älteren Mann in dunklem Kaftan freundlich gebeten wurden, einzutreten und das Heiligtum von innen zu bewundern. Die Schuhe sollten wir allerdings ausziehen. Eine Hand voll Männer kniete auf dem Boden auf unscheinbaren Läufern und zwei, drei Frauen beteten hinter einem schwarzen, brusthohen Vorhang. Die Innenausstattung war karg, aber für uns reizvoll durch die Architektur des Gebäudes und die künstlerische Gestaltung der Wände.

Wir waren beeindruckt, konnten aber nicht verstehen, warum die Frauen getrennt von den Männern beten mussten.

Eifrig diskutierend gelangten wir durch ein

weiteres Stadttor zurück in die schöne Parkanlage neben dem Boulevard, die durch zahlreiche kleine Teiche mit Skulpturen und Springbrunnen zum Flanieren einlud. An ihrem nördlichen Ende wurde sie begrenzt von einem steil abfallenden Felsplateau, auf das wir mit dem „Funikolor", einer Standseilbahn, fuhren. Von oben hatten wir eine herrliche Aussicht über die ganze Bucht. Wir folgten dem sich in weitem Bogen dahinstreckenden Boulevard mit den Augen und versuchten, in der Abenddämmerung den Stadtteil Sych zu finden, aus dem wir am frühen Vormittag aufgebrochen waren. Aber nur die Arme der ungezählten Erdöl-Bohrtürme, die wie ein stählern er Wald aus dem Wasser ragten, waren schemenhaft zu sehen. Das Land dahinter verlor sich im Dunst.

Am Rande des Felsplateaus befand sich das
Restaurant „Inturist", eine niveauvolle
Gaststätte mit ausgezeichneter Küche. Sie war
beliebt bei Einheimischen und Gästen. Durch
eine breite Fensterfront konnte man auf die
Bucht sehen. In weiser Voraussicht hatten
Harald, Peter und noch einige andere Freunde
aus seiner Gruppe einen Tisch reservieren
lassen. Ich bekam einen Platz am Fenster und
erfreute mich an dem Anblick der erleuchteten

163

Bogenlampen, die sich, einer Perlenkette gleich, am Boulevard entlangzog. In fröhlicher Runde ließen wir den Abend ausklingen.

Im Sommer 1964 hatten nicht nur Harald und ich geheiratet. Auch etliche andere Offiziersschüler aus seiner Gruppe hatten ihren Liebsten das Ja-Wort gegeben.

So kam es, dass ich bei meinem nächsten Besuch in Baku nicht allein die weite Reise antreten musste. Eine kleine Gruppe von acht Frauen hatte sich entschlossen, über die Maifeiertage ihren Ehemännern einen Besuch abzustatten. Wir kannten uns schon vom Sehen und mit Sigrid, Renate, Regine und Gerdi hatte ich mich auch schon angefreundet. Da der Verantwortliche vom Ministerium bei jeder Ankunft und jedem Abflug der Offiziersschüler die Pässe ausgab, wusste er, dass ich bei der „Interflug" arbeitete und bat mich deshalb, den Frauen in Moskau Unterstützung zu geben, sofern sie erforderlich wurde.

Auch diesmal landeten wir in Moskau-Scheremetjewo, während der Weiterflug von Moskau-Wnukowo mit dem entsprechenden Zwischenaufenthalt gebucht war. Es blieb also auch wieder Zeit, das GUM zu besuchen. Das Interesse, sich etwas anzusehen war groß, aber es schien mir unmöglich, als geschlossene Gruppe auf Erkundungstour zu gehen. Deshalb schlug ich den Frauen vor, dass ich in der Nähe des Eingangs bleiben würde und sie mir ihr Handgepäck, Taschen, Beutel und Netze mit heimischen Süßigkeiten, Dauerwurst und anderen Lebensmitteln zur Aufbewahrung geben könnten. Ich hatte sogar zehn Eier in einer spitzen Papiertüte in meinem Netz. So konnten sie ungestört durch die Hallen bummeln und auch ich lief nicht Gefahr, die Eier zu beschädigen. Ich ahnte nicht, dass ich damit die Aufmerksamkeit vieler anderer Kundinnen des GUM, vor allem der älteren Mütterchen, auf mich ziehen würde, die mich neugierig fragten, ob ich denn auch landwirtschaftliche Produkte zu verkaufen hätte. Auch der Milizionär (Polizist), der im Kaufhaus seine Runden machte, sah mich aufmerksam an. Da kann eine Stunde ganz schön lang werden. Ich war froh, als die Frauen pünktlich wieder eintrafen und ich das Gepäck übergeben konnte.

Bei der Abfertigung in Moskau-Wnukowo stellte sich heraus, dass auf Ilonas Flugschein die Bestätigung für den Weiterflug fehlte. Ohne diese Bestätigung erhielt sie jedoch keine Bordkarte für das Flugzeug. Das war ein Problem. Ihr Gepäck war bereits anstandslos befördert und in die bereitstehende IL-18 eingeladen worden. Ilona hatte nur wenige Rubel umgetauscht, sodass eine Umbuchung auf eine andere Maschine oder sogar eine Übernachtung in einem Hotel in Moskau nicht infrage kamen. Zudem sprach sie damals kaum ein Wort Russisch. Außerdem wurde sie natürlich in Baku von ihrem Mann erwartet, der aber aus der Ferne nicht viel hätte tun können.

Ich lief in dem weitläufigen Abfertigungsgebäude des Flughafens von Pontius zu Pilatus, veranlasste eine Rücksprache mit Scheremetjewo, wo die Eintragung offensichtlich versäumt wurde, verlangte den Leiter der Abfertigung zu sprechen, der jedoch nicht erreichbar war. Inzwischen wurde die Zeit immer knapper. Der Aufruf für unseren Flieger war schon erfolgt und die Passagiere und die anderen deutschen Frauen liefen über das Rollfeld auf die bereitstehende Maschine zu. Nun war es damals durchaus üblich, dass ein Flug überbucht war. Deshalb hatte sich schon eine kleine Menschentraube am Fuße der Gangway gebildet. Sie hatten alle einen Flugschein für diesen Flug, aber keine Bordkarte und hofften, dass ein Passagier nicht käme und so ein Platz frei würde. Da ich keinen kompetenten Ansprechpartner gefunden hatte, hastete ich mit Ilona zum Flugzeug und versuchte, der Stewardess, die am Fuße der Gangway die Bordkarten kontrollierte, unsere Situation zu erklären. Sie hatte kein Ohr für mich. Da ich selbst aber eine gültige Bordkarte hatte, drängte ich mich an ihr vorbei und stürzte in das Flugzeug, stürmte gleich bis zum Cockpit und verlangte den Kommandanten zu sprechen. Ich hatte Glück. Es war eine Pilotin. Unterstützt von zwei anderen deutschen Frauen unserer Reisegruppe konnten wir sie überzeugen, Ilona auch ohne diesen Bestätigungsvermerk mitzunehmen. Sie ging selbst zum Einstieg und winkte Ilona. Unter lautstarkem Protest der noch auf dem Rollfeld Wartenden wurde die Tür geschlossen und die Gangway weggefahren. Ilona durfte auf dem Notsitz, gleich hinter dem Cockpit, Platz nehmen. Unverzüglich wurden die Motoren angelassen und die Maschine rollte davon. Als wir die Startbahn erreichten und uns schon gerettet glaubten, wurden die Motoren plötzlich wieder abgestellt. Vor der Maschine hatte sich ein Uniformierter mit gekreuzten Kellen aufgebaut. Die Pilotin wurde zum Ausgang befohlen, wo ein bewaffneter Uniformierter sie erwartete. Es gab eine heftige Diskussion. Dann wurde die Bordtür geschlossen, die Motoren wurden wieder angeworfen, die Maschine gab Gas und wir starteten. Vor lauter Erleichterung war mir ganz schlecht und auch den anderen Frauen war nicht nach Lachen zumute. Ich weiß nicht, welche Konsequenzen es für die mutige Pilotin möglicherweise noch gehabt hat, denn wir haben sie leider nie wieder gesehen.

In Baku erwarteten uns die Männer schon mit Ungeduld. Die Taxen waren knapp und so fuhren wir zu sechst plus Fahrer in einem klapprigen Wolga durch das nächtliche Baku.

Wie durch ein Wunder hatten die Eier in meinem Netz die Flüge und den Aufenthalt in Moskau bisher unbeschadet überstanden. In dem überfüllten Taxi, in dem wir zu fünft auf der Rückbank saßen, war der Druck dann wohl zu groß geworden. Jedenfalls fühlte es sich nach einem Hopser durch ein Schlagloch feucht auf meinem Schoß an. Aber die Papiertüte hielt und zu Hause gab es Rührei.

Bei diesem Besuch wohnte ich mit meinem Mann in einem Neubaublock unweit der Hochschule in einer Gemeinschaftswohnung mit zwei weiteren deutschen Ehepaaren. Jedem Paar stand ein 15 qm großer Raum zur Verfügung. Küche und Bad nutzten wir gemeinsam. Es war ein längerer Urlaub vorgesehen. Deshalb war mein Koffer auch zum Bersten voll und wahnsinnig schwer. Ich hatte nicht nur entsprechende Kleidung eingepackt, sondern auch vier Gläser mit Eingewecktem: Rouladen, Gulasch, Kaßler und Rotkohl. Die Interflug gewährte mir großzügig zwei Monate unbezahlten Urlaub. Harald hatte befürchtet, dass es mir zu langweilig werden könnte, den ganzen Tag in einem Haus am Rande der Stadt auf ihn zu warten. Deshalb hatte ich mich noch in Berlin darum bemüht, aushilfsweise bei der „Aeroflot" arbeiten zu dürfen. Es waren einige Wochen ins Land gegangen bis ich eine Absage aus versicherungsrechtlichen Gründen erhielt. Zwischen der DDR und der UdSSR gäbe es keine diesbezügliche Vereinbarung.

Meine Zimmernachbarin Gerdi, wohnte mit ihrem Mann bereits seit einem Monat in Baku und durfte auch keiner Arbeit nachgehen. Wir langweilten uns nicht. Vieles unternahmen wir gemeinsam. Aber ich blieb auch gern mal allein und betätigte mich als Hausfrau. Schließlich hatte ich ja bereits vorgesorgt. Außerdem gab es hier auch Gelegenheit, selbst etwas zu kochen.Vor dem Haus war ein Gemüsestand, an dem es Möhren, Zwiebeln, Kohl, Sauerkraut, Tomaten, allerlei Grünzeug und manchmal auch Kartoffeln gab. Auf der gegenüberliegenden Straßenseite hatte ein Fleischer seine Bude, die jedoch zumeist verschlossen war. Wenn es Fleisch gab, war das zu erkennen an der geöffneten Tür, vor der sich eine lange Schlange gebildet hatte. Ich stellte mich brav hinten an und wartete geduldig, bis ich an der Reihe war. Das dauerte auch gar nicht so lange, denn es gab keine große Auswahl. Auf der Schlachtbank aus grobem Holz lag ein halbes Schwein, von dem der Fleischer mit einem scharfen Hackmesser je nach Bedarf eine dünne oder dickere Scheibe abhieb, sie auf eine Waage legte, in Zeitungspapier wickelte und den Preis nannte. Viel Fett, wenig Muskelmasse und, wenn man Glück hatte, nur ein paar Knochenstücke. Das war`s. Egal, für eine kräftige Kohlsuppe würde es schon reichen. Von Lena, einer Dozentin an

Haralds Schule, hatte ich ein Rezept für Soljanka bekommen. Das konnte ich ausprobieren.

Lena unterrichtete die Offiziersschüler in russischer Sprache, denn als das Studium begann, konnte kaum einer der Offiziersschüler Russisch. Da an der Hochschule aber vor allem russische Kursanten und Offiziersschüler aus anderen Ländern studierten, wurden die Lektionen ausschließlich in Russisch gehalten. Das hieß: Alle Ausländer mussten sich schnellstens die Sprache aneignen, um dem Unterricht folgen zu können. Lena unterrichtete sie und da sie sehr beliebt war, wurde sie gebeten, doch auch mit den deutschen Frauen, die zu Besuch kamen, einen Russisch-Kurs durchzuführen. Das tat sie auch und Gerdi und ich trafen uns regelmäßig in ihrer Wohnung, um mit ihr

Russisch zu üben. Sie war eine liebenswerte Person und nicht viel älter als wir. Wir freundeten uns an und hielten noch lange nach Beendigung des Studiums den Kontakt.

Bei diesem Aufenthalt in Baku besuchte ich natürlich auch den Rynok, den großen Basar. Hier gab es Obst, Gemüse, Fleisch und Fisch in reicher Auswahl. Wir sahen Melonen, zu Bergen aufgehäuft, probierten seltene Früchte wie Feigen und Datteln. Aber auch Auberginen, Mais, Knoblauch und würzige Kräuter, deren Namen wir nicht kannten, zogen uns von Stand zu Stand.

Man hatte uns gewarnt, als Ausländer nicht allein dorthin zu gehen und das Portemonnaie gut festzuhalten. Das war nicht nur so dahin gesagt. Als ich mit Gerdi, am Gemüsestand Tomaten und ein aromatisch duftendes Kraut begutachtete, wurde ihr plötzlich die Tasche aus der Hand gerissen. Ein Jugendlicher, nach unserer Schätzung nicht älter als 14 Jahre, flitzte, die Tasche in der Hand, durch die schmalen Gassen zwischen den Ständen. Im Laufen riss er die Handtasche auf und angelte das Portemonnaie heraus. Gerdi, nicht auf den Kopf gefallen, sauste hinter ihm her und rief ihm lauthals deutsche Schimpfwörter nach. Das rief sogleich die Miliz auf den Plan, die den Ausgang versperrte. Aber auch der Dieb war erschrocken. Er ließ die Handtasche fallen und warf das Portemonnaie auf einen Berg Zwiebeln. Dann tauchte er im Gewühl der anderen Käufer unter. Das Geld war noch da. Die Feiertage waren gerettet. Nachdem wir dem Milizionär versichert hatten, dass der Dieb keine Beute gemacht hatte, kauften wir drei fette Hühner, Möhren, Sellerie und Zwiebeln und machten uns auf den Heimweg.

Auf dem Weg zum Bus kamen wir an der Eisbar vorbei, die durch ihr Hyperschalendach auffiel, das wie eine große, aufgeklappte Muschel aussah. Wir fanden, dass wir es verdient hatten, uns, ungeachtet der vollen Einkaufsbeutel, bei einem großen Eisbecher von dem ausgestandenen Schreck zu erholen.

Die Hühner überstanden es. Sie landeten alle drei in einem Kochkessel, den wir uns aus der nahegelegenen Stolowaja (Kantine) ausliehen.

Wir zauberten drei Gänge aus dem Geflügel: eine kräftige Brühe, gebratene Keulen und Frikassee. Es hat allen geschmeckt.

Wenn man in Baku ist, muss man wenigstens einmal im Kaspischen Meer gebadet haben. Einen Badestrand gab es aber in der Stadt nicht. Der Boulevard wurde von einer brusthohen Mauer eingefasst, hinter der große Felsbrocken die Fluten des Kaspischen Meeres aufhielten. Auf der nordwestlichen Seite der Halbinsel Apscheron war die Landschaft jedoch von kahlen Felsen, meterhohen Sanddünen und einem schmalen Badestrand gekennzeichnet. Hier machte ein Überlandbus Station in dem Örtchen Sumgait, von wo aus es nicht mehr weit bis zum Strand war. An einem sonnigen Tag fuhren wir mit zwei anderen Ehepaaren zum Baden an den Strand von Sumgait. Es war außergewöhnlich warm geworden, doch es wehte ein kräftiger Wind. Der Kaspi warf sich in hohen Wellen an den Strand. Es war ein Vergnügen, sich den Wellen entgegen zu werfen und von ihnen überrollt zu werden. Allerdings hatten wir nicht erwartet, dass es an dieser Stelle eine starke seitliche Strömung gab, die es uns erschwerte, die Beine in dem lockeren Sand in den Boden zu setzen und wieder an Land zu gehen, ohne allzu weit abgetrieben zu werden. Zum Glück waren ja unsere Männer vor Ort , die uns retteten. Ein paar Mal hatte ich das salzige Wasser geschluckt. Meine Haare klebten vom Salz und mein Badeanzug war voller Öltröpfchen, denn die „Erdölsteine", wie das große Bohrfeld im Kaspischen Meer hieß, waren nicht weit entfernt.

Heute ist das eine schöne Erinnerung.

EXKURSION NACH DUSCHANBE

Der Zufall wollte es, dass die Nachbarin unseres Freundes Peter eine Zwillingsschwester in Tadschikistan hatte. Sie lebte schon seit langem an der Wolga, wurde aber im II. Weltkrieg mit ihrer Familie nach Duschanbe, der Hauptstadt Tadschikistans, umgesiedelt. Von dieser Familie erhielten Peter, Harald und ich eine Einladung, mit der wir ein Besuchsvisum für fünf Tage beantragten. Es wurde genehmigt. Mit Briefen und kleinen Geschenken aus der Heimat ausgestattet, flogen wir mit einer TU-104 der „Aeroflot" von Baku nach Duschanbe mit einer außerplanmäßigen Übernachtung in Aschchabad, der Hauptstadt Turkmeniens (heute Turkistan). Aus technischen Gründen, wie es hieß. Aus unserem Hotelfenster sahen wir Berge des Hrebet Kopet Dag, die bereits die Grenze zum Iran bilden. Leider hatten wir keine Zeit, uns in der Stadt umzusehen, denn die TU war am nächsten Morgen wieder flugbereit und der Zubringerbus wartete vor dem Hotel.

In Duschanbe wurden wir von Franz, einem Sohn der Familie, nur wenig älter als wir, bereits am Flughafen erwartet. Er führte uns durch die belebte Hauptstraße zur Wohnung der Familie, zu der außer den Eltern noch weitere vier Geschwister, ältere und jüngere, gehörten. Die Straße war gesäumt von großen Laubbäumen, die Straßenränder eingefasst von Streifen bunt blühender Blumen und Pflanzen, die wir nicht kannten. Es herrschte reger Betrieb. Die Frauen und Kinder hatten leichte, knöchellange Kleider an, die auf schwarzem

Grund knallig bunte, folkloristische Muster zeigten. Die Mädchen hatten Kopftücher umgebunden oder Schleifen im Haar und die Jungen trugen eine „Tubiteka", eine kleine, mit Ornamenten verzierte Kappe. Männer sahen wir nur wenige. Sie trugen zumeist dunkle Pumphosen und einen Kaftan darüber.

Wir kamen nur sehr langsam voran, weil wir immerzu fotografierten und die Kinder uns in kleinen Trauben begleiteten.

Das Heim der Familie befand sich abseits der Hauptstraße auf einem kleinen Hügel inmitten einer Ansiedlung laubenähnlicher Baracken.

Unsere Überraschung war groß, als wir von der Hausfrau auf Deutsch mit schwäbischem Akzent freudig begrüßt wurden. Auch die übrige Verwandtschaft, Onkel, Tanten, Vettern und Basen waren zu unserem Empfang geladen. Schaschlikduft erfüllte bereits die Luft. Eine lange Tafel war vor dem Haus aufgebaut, auf der verschiedene Salate, Brot und etliche Flaschen mit klarem Inhalt verheißungsvoll für einen berauschenden Abend sorgten. Nur die Älteren sprachen noch Deutsch, aber da Russisch inzwischen in allen Schulen der Sowjetunion ein Hauptfach war, fiel es Peter und Harald nicht schwer, die vielen Fragen und Antworten zu verstehen, während ich größtenteils nur erriet, worum es ging. Franzl, wie ihn seine Mutter nannte, konnte auch etwas Deutsch, aber er genierte sich, verstand alles, antwortete aber immer auf Russisch.

Die Gastgeber führten ein einfaches Leben, aber Gastfreundschaft war ihnen wichtig und kam von Herzen.

Duschanbe liegt am Rande des Pamirgebirges. Dessen höchste Gipfel reichen bis 7500 Meter und tragen auch im Sommer noch Schnee und Eis. Die höchsten Erhebungen in der Nähe Duschanbes betrugen immerhin noch stolze 3000 Meter. Franz wollte uns gern etwas von dieser herrlichen Bergwelt zeigen. Wir waren dafür allerdings nicht gerüstet. Da es hochsommerlich warm war, hatten wir nur leichte Badesandalen an und keine warmen Jacken dabei. Aber Franz wusste Rat. Er besorgte Turnschuhe in unserer Größe und für mich ein Wolltuch, falls es tatsächlich kalt werden sollte. So ausgestattet, fuhren wir am zeitigen Morgen des folgenden Tages mit dem Bus bis zur Endstation und begaben uns auf einem steinigen Pfad einen Berg hinauf, dessen Spitze wir von unten nicht erkennen konnten. Nach einer guten Stunde Klettern durch einen lichten Laubwald gelangten wir an ein Bächlein, das Schmelzwasser aus den Bergen führte. Wir folgten ihm weiter bergauf und erreichten eine halbe Stunde später eine Stelle, an der der Bach, von Felsen umgeben, eine seichte Stelle zum Baden bot. Hier machte Franz Halt und erklärte, es sei Zeit für ein Picknick. Ich hatte mich schon gefragt, was er wohl alles in seinem Rucksack mitschleppte. Nun förderte er Würstchen, Brot, Tomaten und Streichhölzer zutage und begann, den „Grill" vorzubereiten. Harald und Peter suchten kleine Holzstücke und schichteten sie auf einer ebenen Stelle des Felsens auf. Mit etwas Geduld, viel Pusten und Wedeln entzündete sich das Feuer und die Würstchen, inzwischen auf einen Ast gespießt, wurden hinein gehalten. Harald hatte hinter dem Felsen wilden Rhabarber entdeckt, dessen Blätter als Teller dienen konnten und deren Stiele sogar essbar waren. Wasser entnahmen wir dem Bach. Es war kristallklar und eiskalt. Zum Aufwärmen hatte Franz eine Flasche Wodka parat. Den tranken wir aber erst, nachdem wir nacheinander für Sekunden in das eisige Schmelzwasser des Bächleins getaucht waren und ein Foto gemacht hatten. Es war ein großer Spaß.

Anschließend überquerten wir den Bach und stiegen noch einige Meter höher hinauf. Franz wollte uns noch etwas Besonderes zeigen. Plötzlich verschwand er, kam aber nach kurzer Zeit zurück mit einem Arm voller roter

Tulpen. Er schenkte sie mir und führte uns dann zu einer Bergwiese, auf der Hunderte roter Tulpen blühten. Es war sehr

beeindruckend. Ich konnte mich gar nicht satt sehen, aber Peter drängte nun zur Rückkehr, denn er hatte Probleme mit seiner Verdauung. Auch ich hatte schon ein dichtes Gebüsch aufsuchen müssen. Die Kombination von wildem Rhabarber und Schmelzwasser war wohl nicht so ideal gewesen.

Die Hitze des Tages hatte etwas nachgelassen, als wir in ein Taxi stiegen, das uns in eine völlig andere Landschaft brachte. Auf einem Abschnitt der ehemaligen Seidenstraße fuhren wir in eine karge Bergwelt. Nur Sand und Geröll, von der Sonne versengte Wiesen und steil aufragende Felsen. Die wenigen Hütten am Wegesrand duckten sich in das Gestein und waren als menschliche Behausung kaum zu erkennen. Und doch war die Gegend bewohnt. Als uns ein Bauer mit einem schwer beladenen Esel entgegen kam, hielten wir an und Franz kam mit ihm ins Gespräch. Wir „unterhielten" uns indes mit dem Esel, streichelten seine aufrecht stehenden Ohren und sein weiches Maul.

„Kann man auf dem Esel auch reiten?"

„Versucht es", meinte der Bauer und griente.

Er nahm die beiden prall gefüllten Säcke, die zu beiden Seiten an dem Esel hingen, ab und wies mit der Hand einladend auf das geduldig wartende Tier. Ich ließ mir von Harald auf den Esel helfen, was sich als schwierig erwies, denn sobald der Esel eine Last auf seinem Rücken spürte, lief er los. Ich konnte mich kaum an seinem kurzen Fell festhalten und fürchtete, das Gleichgewicht zu verlieren.

Mit einem kurzen Ruf brachte der Bauer das Tier zum Stehen. Erleichtert rutschte ich zu Boden. Es war tröstlich, zu sehen, dass es Peter, der es als Nächster versuchte, nicht besser erging als mir. Der Bauer, der Taxifahrer, Franz und Harald amüsierten sich.

Als wir den Kamm des Berges erreicht hatten, öffnete sich vor uns der Blick in ein weites Tal. Vereinzelte Hütten lagen verstreut längs eines Flusses, der das Tal querte.

„Was ihr jetzt seht, wird in wenigen Jahren unter Wasser stehen", sagte Franz. „Dort, wo das Tal endet, stürzt der Fluss in eine tiefe Schlucht. An dieser Stelle hat gerade der Bau eines Wasserkraftwerkes begonnen, das die gesamte Region mit Energie versorgen wird. Die Staumauer wird 300 Meter hoch werden und die Schlucht schließen und der angestaute Fluss wird das ganze Tal überschwemmen. Der Fluss heißt Nurek und ich werde beim Bau des Nurek-Staudamms mitarbeiten" sagte er voller Stolz. Wir konnten es damals kaum glauben, als wir am Grunde der Schlucht angekommen waren und in die Höhe sahen, aber der Nurek-Staudamm wurde tatsächlich gebaut. Der Anfang war schon gemacht. Große Betonrohre und Steine waren bereits am Flussufer abgeladen worden . Mehrere Tieflader standen noch mit ihrer Last auf der parallel verlaufenden schmalen Zufahrtstraße.

Nachdem wir uns am Abend herzlich bei Franz und der ganzen Familie bedankt und liebevoll verabschiedet worden waren, flogen wir am folgenden Tag mit einer IL-14 nach Samarkand.

Die Städte Samarkand und Buchara waren schon zu jener Zeit nicht nur in Usbekistan bekannt, sondern galten auch in der DDR als ein Kleinod im Orient. Die wenigen Touristen, die sie bisher gesehen hatten, zeigten ihre Fotos herum und hielten Vorträge für Gewerkschaftsgruppen. Sogar die „Urania", eine Wissenschaftsorganisation, hatte an ihren Erlebnissen Interesse.

Nun kamen also auch wir für einige Stunden in den Genuss, den Hauch des Orients zu spüren. Samarkand war im weitesten Sinne eine Bildungsstätte. Drei Koranschulen hatten hier ihr Domizil gehabt. Die teilweise zerstörten und von Grün überwucherten Eingangsportale gaben der Stadt den Rahmen. Am besten erhalten war die Medrese Schir Dor, die im Zentrum Samarkands zu jeder Zeit Touristen anlockt. Wir bewunderten die zauberhaften Mosaike aus glasierten Fliesen am Bogen über dem Eingangstor und an den zwei Türmen, die es flankierten. Dahinter leuchteten die türkisfarbenen zwiebelförmigen Kuppeln der Gebetsräume. Am meisten aber beeindruckten uns die zwei Tiger, die über dem Bogen prangten.

Aus Tausenden Mosaiksteinchen lebensecht und sprungbereit zusammengesetzt, umfingen sie ein menschliches Portrait.

Heute wissen wir, dass der Islam die Darstellung von Mensch und Tier ablehnt. Dieses Mosaik gibt Rätsel auf. Das war uns jedoch damals nicht bewusst.

Der Platz davor war ernüchternd karg. Eine kahle Fläche festgestampfter rötlicher Erde, ein ausgetrockneter Springbrunnen und sonst nichts.

Da eine Besichtigung des Heiligtums nur von außen möglich war, fotografierten wir es von fern und nah und machten uns auf die Suche nach einem weiteren spektakulären Denkmal aus der Zeit Marco Polos, der hier auf der Durchreise geweilt haben soll.

Inzwischen hatte sich um uns herum eine kleine Kinderschar angesammelt. Wir waren durch unsere Kleidung sofort als Touristen erkannt worden. Touristen, das wussten sie, hatten immer eine kleine Süßigkeit in der Tasche, die sie sich erbetteln konnten. Es war auch wirklich schwer, in diese arglosen braunen Augen zu blicken, ohne ein Bonbon oder einen Kaugummi in die kleinen offenen Hände zu legen. Mit einem dunklen Tuch auf dem Kopf und einem sackartigen Kleid erschien mit einem Mal die Mutter eines der Kinder. Sie wollte sie verscheuchen, aber wir wehrten ab. Die Kinder waren ja nicht unhöflich oder aufdringlich gewesen. Nun wollte sie uns in ihr Haus einladen, um sich zu bedanken. Sie war aus einem Viertel gekommen, in dem eng beieinander unverputzte, kaum mannshohe, ockerfarbene Hütten standen und in dem es, den Rinnsalen auf der staubigen Straße nach zu urteilen, weder Wasser- noch Stromanschluss gab. Mir war nicht ganz wohl zumute, als ich einige Schritte mit ihr in dieses Elend hineinging. Die Rettung kam in Form von lautem Rufen. Harald und Peter hatten hinter einer solchen Hütte eine weitere türkisfarbene Kuppel entdeckt. Sie gehörte zum „Timurtempel", den wir gesucht hatten. Ich verabschiedete mich schnell von der Frau und den Kinder und folgte den beiden. Der „Timurtempel" ist ein wahres Kleinod. Allein die weithin leuchtende, Kuppel mit ihrer Zwiebelform setzte uns in Erstaunen. Er ist nicht sehr groß, hat nur eine Grundfläche von weniger als 500 qm, aber er ist rundherum und von oben bis unten mit den überwiegend türkisfarbenen, gut erhaltenen, glasierten Mosaiken bedeckt. Ein Bau, wie aus einem Märchen von „Tausendundeiner Nacht". Türkise, so hatte es Marco Polo beschrieben, gab es seinerzeit zuhauf in der nahegelegenen Wüste. Die Künstler jener Zeit hatten sie mit ihrer Verarbeitung für die Nachwelt erhalten.

Ich konnte mich gar nicht satt sehen, aber ein Blick auf die Uhr sagte uns, dass wir nun schleunigst den Bahnhof suchen sollten.

Den nächsten Abschnitt der Reise - von Samarkand nach Krasnowodsk – legten wir im Zug zurück. Wir hatten ein Liegewagenabteil für vier Personen gebucht , denn die Fahrt ging quer durch die Wüste Karakum und dauerte zwanzig Stunden.

Wir hatten diese Wüste schon aus dem Flugzeug gesehen, als wir von Aschchabad nach Duschanbe unterwegs waren. Von oben sah sie aus wie ein Waschbrett. Steine, Sand und Geröll verteilten sich wellenförmig über eine ins Unendliche führende Gegend. Die

Welt war hier kamelhaarfarben, sandgrau und ocker.

Das fanden wir bestätigt, als wir, nun bequem auf unseren Betten liegend, aus dem Zugfenster sahen. Die Sanddünen neben dem Gleis waren mal flach, mal zwei, drei Meter hoch. Ab und zu wuchs ein graugrünes Gestrüpp in den Mulden. Große Felsbrocken und Geröllhalden unterbrachen das Einerlei. Wir sahen Erdhörnchen in Windeseile über kahle Ebenen flitzen. Ab und an hielt der Zug. Auf freier Strecke, wie uns schien. Das war jedoch ein Trugschluss. Die Haltepunkte waren Aus- und Zustiege und Ausweichstellen für entgegenkommende Züge. An ihnen standen meistens ein paar alte Männer in schwarzen Kutten, mit ebenso schwarzen Fellmützen auf dem Kopf, die auf Post oder andere Transportgüter warteten oder solche mitgeben wollten. Die dicken Fellmützen sahen in der Wüstenhitze komisch aus, aber Peter meinte: „Was für die Kälte gut ist, ist auch gut für die Hitze". So musste es wohl sein.

Wenn tatsächlich jemand zusteigen wollte, war er ohne Zweifel zu erkennen an dem umfangreichen Gepäck, das in Säcken und Kisten neben ihm stand.

Leider sahen wir keine Kamele. Man hatte sie aus irgendeinem Anlass an anderer Stelle zusammengetrieben, wie man uns sagte. Die Nacht kam schnell und übergangslos. Im Zug wurde eine spärliche Beleuchtung eingeschaltet und die Deshurnaja, die Zugbegleiterin, brachte uns heißen, schwarzen Tee und trockene Kekse. Wir überließen uns dem Geratter und Geruckel des Zuges, machten die Augen zu und verschliefen den

Rest der Fahrt.

Nach der Ankunft in Krasnowodsk, dem auf dem östlichen Ufer des Kaspischen Meeres Baku gegenüberliegenden turkmenischen Hafenstädtchen, hatten wir noch reichlich Zeit bis zur Abfahrt der Fähre, mit der wir die letzte Etappe unseres Ausfluges in den Orient zurücklegen würden.

Es gab nicht viel zu sehen. Ein unspektakuläres Rathaus, ein kleiner Park mit Blumenrabatten und einem Denkmal, das überschaubare Hafenviertel mit einigen Verkaufsbuden und ansonsten Kräne, verrostete Kähne und Industriebauten ringsum. Peter entdeckte einen Stand mit Dörrfisch. Den wollte ich schon immer mal probieren. Harald wollte nicht. Während Letzterer mehrfach um den kleinen Park herum wanderte, knabberten Peter und ich an dem

Dörrfisch, der seinem Namen alle Ehre machte. Er war salzig, strohtrocken und zäh. Ich habe ihn seitdem von der Speisekarte gestrichen.

Bis die Fähre kam, war es Abend geworden. Wir suchten uns ein schönes Plätzchen an der Reling und und fuhren, dem Sonnenuntergang entgegen, zurück nach Baku.

ABSCHIED VON DER INTERFLUG UND VON BAKU

Im September 1966 flog ich ein letztes Mal nach Baku.

Die Männer hatten ihr Studium an der Kaspischen Höheren Seekriegsschule erfolgreich abgeschlossen und sahen ihrer Verabschiedung und Ernennung zum Leutnant entgegen.

Bei einem feierlichen Festakt auf dem Paradeplatz der Universität wurden ihnen in Anwesenheit des Militärattachès der DDR in der UdSSR und der Ehefrauen die Diplome übergeben.

Mit einem fröhlichen Beisammensein im „Inturist" endeten fünf Jahre harter Ausbildung, fünf Jahre des Getrenntseins von Familie und Freunden, aber auch fünf Jahre unwiederbringlicher Erlebnisse und Eindrücke und gemeinsam bewältigter Schwierigkeiten und Hindernisse.

Als ich die Einladung nach Baku zur Abschlussfeier bekam, fiel mir die Teilnahmebestätigung nicht leicht. Unser Töchterchen war gerade drei Monate alt und es fiel mir schwer, sie bei meinen Schwiegereltern zurück zu lassen. Aber auf ein letztes Wiedersehen mit Baku, mit den

Freunden und Bekannten, mit Mascha, Lena und anderen Dozenten, die uns freundschaftlich aufgenommen hatten, wollte ich nicht verzichten. Und Harald wäre auch sehr traurig gewesen, wenn er diese letzten Tage und Stunden hätte allein verbringen müssen. Alle Frauen dachten so und gingen noch einmal auf diese weite Reise.

Es waren Freundschaften entstanden, die bis heute anhalten. Ehen wurden in der DDR und in Baku geschlossen. Nicht alle hatten Bestand, aber alle hatten den Willen, das Beste aus ihrem Leben zu machen. Die Erfahrungen des bisher Erlebten führten in vielerlei Hinsicht zu einer anderen Sichtweise auf das Leben in anderen Teilen der Welt.

Meine Welt veränderte sich grundlegend. Ich hatte nun eine Familie. Mein Mann war Offizier und wurde nach Rügen versetzt.

Ich beendete meine Tätigkeit bei der „Interflug", ohne zu wissen, wie es nun weitergehen sollte. Meinen Beruf als Stewardess oder Luftverkehrskaufmann konnte ich auf Rügen nicht mehr ausüben.

Ein Lebensabschnitt ging zu Ende.

Bibliografische Information der Deutschen Nationalbibliothek:
Die Deutsche Nationalbibliothek verzeichnet diese Publikation in der
Deutschen Nationalbibliografie; detaillierte bibliografische Daten sind
im Internet über http//dnb.dnb.de abrufbar.

Autorin : 2020 Monika Genzow

Herstellung und Verlag: BoD – Books on Demand, Norderstedt

ISBN 9783752624168